Amos Oz

Plötzlich tief im Wald

Ein Märchen

Aus dem Hebräischen von
Mirjam Pressler

Suhrkamp Verlag

Die hebräische Originalausgabe *Pit'om be-omek ha-ja'ar. Aggada* erschien 2005 im Keter Verlag, Jerusalem.

Druck: Pustet, Regensburg
Printed in Germany
ISBN 3-518-41748-7
Erste Auflage 2006

1 2 3 4 5 6 – 11 10 09 08 07 06

SV

Plötzlich tief im Wald

Für Dean, Nadav, Alon und Yael, die mir geholfen haben, diese Geschichte zu erzählen, und sie mit eigenen überraschenden Ideen und Vorschlägen bereicherten.

I

Die Lehrerin Emanuela erklärte der Klasse, wie ein Bär aussieht, wie die Fische atmen und welche Laute eine Hyäne nachts von sich gibt. Sie hängte auch Bilder von Tieren im Klassenzimmer auf. Die meisten Kinder verspotteten sie, weil sie noch nie im Leben ein Tier gesehen hatten. Die meisten Kinder glaubten ihr nicht, daß es überhaupt solche Geschöpfe auf der Welt gibt. Zumindest nicht in dieser Gegend. Und außerdem, sagten sie, habe diese Lehrerin es nicht geschafft, im ganzen Dorf irgend jemanden zu finden, der bereit gewesen sei, sie zu heiraten, und deshalb, sagten sie, sei ihr Kopf voller Füchse und Spatzen und anderer Wesen, die sich einsame Leute aus lauter Einsamkeit ausdenken.

Nur der kleine Nimi fing wegen Lehrerin Emanuelas Erklärungen an, nachts von Tieren zu träumen. Fast die ganze Klasse lachte ihn aus, als er am Morgen ankam und erzählte, wie seine warmen Schuhe vor seinem Bett sich im Dunkeln in zwei Igel verwandelt hätten und durch sein Zimmer gekrabbelt seien, aber morgens, als er die Augen aufgemacht habe, seien sie plötzlich wieder einfach ein Paar Schuhe vor seinem Bett gewesen. Ein andermal seien, so erzählte er, mitten in der Nacht schwarze Fledermäuse zu ihm gekommen, sie hätten ihn auf ihre Flügel genommen und seien mit ihm durch die Hauswand geflogen, über das Dorf und über die Berge und die Wälder hinweg, bis zu einem verzauberten Schloß.

Nimi war ein etwas zerstreuter Junge, mit einer fast immer laufenden Nase. Noch dazu hatte er einen breiten Spalt zwischen seinen vorstehenden Schneidezähnen. Diesen Spalt nannten die Kinder Müllgrube.

Jeden Morgen, wenn Nimi in die Klasse kam, erzählte er einen neuen Traum, und jeden Morgen sagten die Kinder zu ihm, genug, hör auf damit, halt endlich deine Müllgrube. Und wenn er nicht aufhörte, fingen sie an, ihn zu ärgern. Doch Nimi war nicht beleidigt, im Gegenteil, er spottete mit. Er zog die Rotze hoch und schluckte sie und nannte sich, überschäumend vor Freude, plötzlich selbst mit den schlimmsten Spottnamen, die die Kinder für ihn hatten: Müllgrube, Träumer, Igelschuh.

Maja, die Tochter von Lilja, der Bäckerin, die in der Klasse hinter ihm saß, flüsterte ihm zu: Nimi, du kannst ja träumen, was du willst, von Tieren, von Mädchen, aber bitte halt den Mund. Erzähl es nicht. Davon hast du doch nichts.

Mati sagte zu Maja: Verstehst du denn nicht? Nimi träumt seine Träume doch nur, um sie zu erzählen. Und auch wenn er morgens aufwacht, hört er nicht auf zu träumen.

Alles begeisterte Nimi, alles erheiterte ihn: die gesprungene Tasse in der Küche und der Vollmond am Himmel, die Kette der Lehrerin Emanuela und seine vorstehenden Zähne, die Knöpfe, die er vergessen hatte, zuzuknöpfen, und das Heulen des Windes im Wald, alles, was es gab, und alles, was geschah, fand Nimi lustig, über alles konnte er lachen.

Bis er dann einmal aus der Klasse und aus dem Dorf weglief und im Wald verschwand. Zwei, drei Tage lang suchten alle nach ihm. Eine Woche oder zehn Tage länger suchten ihn die Wachleute. Danach suchten ihn nur noch seine Eltern und seine Schwester.
Nach drei Wochen kam er zurück, mager und verdreckt und voller Kratzer und Wunden, aber jubelnd vor Begeisterung und Fröhlichkeit, ausgelassen wie ein junges Fohlen. Und von da an hörte der kleine Nimi nicht mehr auf zu wiehern, und er sprach auch nicht mehr. Kein einziges Wort sprach er mehr nach seiner Rückkehr aus dem Wald, rannte nur barfuß und zerlumpt durch die Gassen des Dorfes und zeigte seine Schneidezähne mit dem Spalt dazwischen, seine Nase lief, und sein rechtes Auge tränte, er streunte durch die Hinterhöfe, kletterte auf Bäume und auf Pfosten und wieherte die ganze Zeit. In die Schule konnte man ihn auf keinen Fall zurückschicken, seiner Wieherei wegen. Wenn die anderen Kinder ihn sahen, begannen auch sie zu wiehern, nur um ihn zum Wiehern zu bringen. Sie nannten ihn Nimi, das Fohlen. Der Arzt hoffte, Nimi würde mit der Zeit wieder normal werden, vielleicht habe ihn etwas im Wald sehr verstört, jetzt jedenfalls leide er an Wieheritis.
Maja sagte zu Mati: Vielleicht sollten wir, du und ich, etwas tun? Vielleicht sollten wir versuchen, ihm zu helfen? Und Mati antwortete: Laß es, Maja, bald werden sie genug davon haben. Bald werden sie Nimi und sein Wiehern vergessen.
Wenn die anderen Kinder ihn verspotteten und verjagten, wenn sie ihn mit Tannenzapfen und Nußschalen

bewarfen, rannte der kleine Nimi wiehernd davon. Er kletterte auf den nächsten Baum und wieherte von oben, zwischen den Zweigen, zu ihnen hinunter, mit seinem tränenden Auge und seinen vorstehenden Schneidezähnen. Und manchmal hörte man auch mitten in der Nacht von weither das Echo seines Wieherns durch die Dunkelheit.

2

Das Dorf war grau und traurig. Um es herum waren nur Berge und Wälder, Wolken und Wind. Es gab keine anderen Dörfer in der näheren Umgebung. Gäste kamen fast nie in das Dorf, auch Durchreisende nicht. Dreißig, vierzig kleine Häuser lagen an den Hängen des Tals verstreut, das von steilen Bergen umschlossen war. Nur im Westen gab es eine schmale Öffnung, und durch diese führte der einzige Weg, der im Dorf endete und nicht weiterging, denn es gab kein Weiter: Hier hörte die Welt auf.

Ganz selten kam ein wandernder Handwerker oder Hausierer vorbei, und ab und an verirrte sich auch ein Bettler dorthin. Doch keiner blieb länger als zwei Nächte, denn das Dorf war verflucht: Eine seltsame Stille hing immer über ihm, keine Kuh muhte, kein Esel schrie, kein Vogel zwitscherte, nie flog eine Schar Wildgänse über den leeren Himmel, und auch die Menschen dort sprachen wenig miteinander, nur das Allernötigste. Allein das Rauschen des Flusses war immer zu hören, Tag und Nacht. Der Fluß stürzte wild aus den Bergwäldern herab und trennte weißschäumend das Dorf der Länge nach, er sprudelte und brodelte, sein Rauschen klang wie Schluchzen, er kam aus den Bergen und verschwand wieder in den Windungen der Täler.

3

In der Nacht war die Stille noch dumpfer und dichter als am Tag. Kein Hund hob den Kopf und bellte den Mond an, kein Fuchs heulte im Wald, kein Nachtvogel schrie, keine Grille zirpte, kein Frosch quakte, und im Morgengrauen krähte kein Hahn. Vor vielen Jahren schon waren alle Tiere aus dem Dorf und seiner Umgebung verschwunden, Kühe und Pferde und Schafe, Gänse und Katzen und Vögel, Hunde, Spinnen und Hasen. Nicht ein einziger kleiner Stieglitz war geblieben, nicht ein Fisch im Fluß. Störche und Kraniche flogen einen Umweg um das enge Tal. Auch Bienen, Fliegen, Ameisen, Würmer, Mücken und Motten hatte man dort seit vielen Jahren nicht mehr gesehen. Die Erwachsenen, die sich noch erinnerten, zogen es vor zu schweigen. Zu leugnen. So zu tun, als hätten sie vergessen.

Vor vielen Jahren lebten im Dorf sieben Jäger und vier Fischer. Doch als der Fluß keine Fische mehr hatte und als die wilden Tiere alle verschwunden waren, zogen auch die Fischer und die Jäger an andere Orte. Nur ein Fischer namens Almon, ein alter Mann, der zurückgezogen lebte, war im Dorf geblieben. Er wohnte in einer kleinen Hütte am Fluß und sprach zornig mit sich selbst, wenn er sich aus Kartoffeln eine Suppe kochte. Die Dorfbewohner nannten ihn noch immer Almon, den Fischer, obwohl er längst von einem Fischer zu einem Ackerbauern geworden war. Tagsüber zog Almon Gemüse und eßbare Wurzeln in sandigen Beeten. Er hatte sogar eine kleine Vogelscheuche zwischen seinen Beeten aufgestellt, denn er glaubte daran, daß eines Nachts alle Vögel zurückkehren würden und mit ihnen alle anderen verschwundenen Tiere. Auch mit dieser Vogelscheuche sprach Almon manchmal lange und zornig, beschimpfte sie, schrie sie an, ließ sie enttäuscht stehen, kam wieder zurück, mit einem alten Stuhl, setzte sich zu ihr und versuchte mit unendlicher Geduld, sie von seinen Ansichten zu überzeugen oder wenigstens ihre sturen Standpunkte ein bißchen zu ändern.

An schönen Tagen brachte Almon, der Fischer, gegen Abend oft seinen Stuhl zum Flußufer, setzte seine Brille auf, die ihm über die Nase fast bis zu seinem dichten weißen Schnurrbart rutschte, und las Bücher. Oder er saß da und schrieb in sein Heft, schrieb und radierte Zeile um Zeile, und dabei murmelte er vor sich hin, begründete und widerlegte, stritt mit sich selbst. Mit den Jahren hatte er gelernt, nachts, beim Licht der Lampe, Tiere aus Holz zu schnitzen, auch alle möglichen Geschöpfe, die seiner Phantasie oder seinen Träumen entsprangen. Er verschenkte sie an die Kinder im Dorf: Mati bekam eine Katze aus Tannenzapfen mit kleinen, aus Nußbaumrinde geschnitzten Kätzchen, der kleine Nimi ein Eichhörnchen und Maja zwei Kraniche mit gestreckten Hälsen und ausgebreiteten Flügeln.

Wegen dieser Figuren und wegen der Bilder, die die Lehrerin Emanuela auf die Tafel malte, wußten die Kinder, wie ein Hund aussieht, eine Katze, ein Schmetterling, ein Fisch, ein Küken, ein Zicklein, ein Kalb. Die Lehrerin Emanuela brachte ihnen auch bei, Tierstimmen nachzumachen, Stimmen, an die sich die Erwachsenen im Dorf noch aus ihrer Kindheit erinnerten, aus der Zeit, bevor die Tiere verschwunden waren, die die Kinder aber noch nie gehört hatten.

Maja und Mati wußten etwas, was sie nicht wissen durften, oder sie wußten es fast. Und beide sahen sich sehr vor, damit niemand Verdacht schöpfte, daß sie vielleicht etwas wußten oder fast wußten. Manchmal trafen sie sich heimlich hinter einem verlassenen Stall, flüsterten eine Viertelstunde miteinander und gingen auf verschiedenen Wegen wieder nach Hause. Unter all den Erwachsenen im Dorf gab es nur einen, den sie vielleicht ins Vertrauen ziehen konnten. Oder auch nicht. Mati und Maja hatten sich schon ein paarmal vorgenommen, ihr Geheimnis Danir zu erzählen, dem jungen Dachdecker, der manchmal, wenn er sich mit seinen Freunden gegen Abend auf dem Dorfplatz traf, laut über Dinge lachte, von denen die Kinder nichts wissen durften. Und wenn er mit seinen Freunden Wein trank, sprach er auch zuweilen im Scherz davon, daß er ein Pferd, eine Ziege oder einen Hund aus einem der Dörfer weit unten im Tal holen wolle.

Was würde geschehen, wenn sie ihr Geheimnis Danir, dem Dachdecker, offenbaren würden? Oder sollten sie es doch lieber dem alten Almon erzählen? Und was wäre, wenn sie beide es eines Tages wagen würden, in den dunklen Wald zu gehen, um herauszufinden, ob ihr Geheimnis wahr war oder vielleicht doch nur Einbildung, ein Traum, der vielleicht zu Nimi, dem Fohlen, paßte, aber nicht zu ihnen?

Inzwischen warteten sie, ohne zu wissen, worauf sie eigentlich warteten. Eines Abends faßte sich Mati ein Herz und fragte seinen Vater, warum alle Tiere aus dem Dorf verschwunden seien. Der Vater antwortete nicht gleich. Er stand von der Küchenbank auf, ging ein paar Minuten lang hin und her, dann blieb er stehen und faßte Mati an den Schultern. Doch er schaute seinen Sohn nicht an, sondern richtete seinen Blick auf eine dunkle Stelle über der Tür, wo der Verputz feucht geworden war. Dann sagte er: Also, Mati, es ist so. Hier sind einmal alle möglichen Dinge geschehen. Dinge, auf die wir nicht stolz sein können. Aber nicht jeder ist schuldig. Und bestimmt sind wir nicht alle gleichermaßen schuldig. Außerdem, wer bist du, daß du über uns richten könntest? Du bist noch klein. Du hast kein Recht, über uns Erwachsene zu richten. Und wer hat dir überhaupt erzählt, daß es hier einmal Tiere gab? Vielleicht gab es sie. Vielleicht aber gab es sie nie. Es ist so viel Zeit vergangen. Wir haben es vergessen, Mati. Wir haben es vergessen, das ist alles. Laß es. Wer hat schon die Kraft, sich zu erinnern? Jetzt geh und hole ein paar Kartoffeln aus dem Keller, und hör auf zu fragen.

Und bevor Matis Vater plötzlich die Küche verließ, fügte er noch hinzu: Hör mal, wir treffen jetzt ein Abkommen, du und ich, nämlich daß es dieses Gespräch nie gegeben hat, ja? Daß wir überhaupt nie darüber gesprochen haben, ja?

Die Eltern der anderen Kinder leugneten alles ab oder schwiegen alles tot. Sprachen nicht darüber. Schon gar nicht in Gegenwart der Kinder.

4

Schweigend und traurig lebte das Dorf sein Leben: Tag für Tag gingen die Männer und die Frauen zu ihrer Arbeit, und gegen Abend kehrten sie müde zurück in ihre kleinen Häuser. Die Kinder gingen jeden Morgen zur Schule. Nachmittags spielten sie in den leeren Höfen, trieben sich zwischen den verlassenen Kuh- und Hühnerställen herum, stiegen zu den verödeten Taubenschlägen hinauf oder kletterten auf Bäume, in deren Zweigen nicht ein einziger Vogel nistete.

Jeden Tag, wenn es nicht regnete, machte Solina, die Schneiderin, gegen Abend mit ihrem lahmen Mann einen Spaziergang durch die Gassen des Dorfes. Ginom, der Lahme, war im Lauf der Jahre immer mehr zusammengeschrumpft, so sehr, daß Solina ihn nun mit Leichtigkeit in einen alten Kinderwagen legen und zum Flußufer und wieder nach Hause schieben konnte.

Auf dem ganzen Weg hin und zurück gab Ginom ein schwaches Meckern von sich, denn wegen seiner Vergißmeindochkrankheit hielt er sich für ein Zicklein. Solina beugte sich über ihn und summte mit ihrer dunklen, warmen Stimme: Scha, scha, schlaf, mein Kind, scha, scha, schlaf, Ginom, scha, scha, schlaf.

Manchmal rannte der kleine Nimi schnaufend an ihnen vorbei, mit wirren Haaren und zerrissenen Kleidern, mit laufender Nase und mit tränendem Auge, er winkte von weitem und wieherte ihnen zwei-, dreimal laut und wild zu. Dann hörte der lahme Mann sofort auf zu meckern,

lächelte glücklich wie ein kleines Kind und wendete den Kopf, um zu lauschen.
Mit der einen Hand streichelte Solina sanft die dünnen weißen Haare, die noch immer auf dem Kopf ihres Mannes Ginom wuchsen, mit der anderen schob sie seinen Kinderwagen weiter, dessen alte Räder auf dem Weg die Gasse hinunter vor sich hin zirpten.
An den langen Sommerabenden saß Danir, der Dachdecker, oft mit seinen beiden Gehilfen auf der Steinmauer am Dorfplatz, um sich von der Tagesarbeit auszuruhen. Sie tranken Wein oder Bier aus dicken Gläsern, und manchmal fingen sie alle drei an zu singen. Dann kamen andere junge Männer und Frauen von allen Enden des Dorfes, versammelten sich auf dem gepflasterten Platz und sangen mit ihnen, vertrieben sich die Zeit mit Spielen oder flüsterten miteinander und brachen ab und an in Lachen aus. Die Kinder schlichen sich nahe an die Mauer heran, um sie heimlich zu beobachten und zu belauschen. Denn die jungen Männer und Frauen dort sprachen oder scherzten sogar hin und wieder über Dinge, die Kinder nicht hören durften, zum Beispiel über andere Dörfer weit unten im Tal oder über das Liebesleben von Hasen und darüber, wie Kater um Katzen werben. Danir, der Dachdecker, lachte dann ein tiefes, heiseres Lachen, rollend wie ein Steinschlag, und schwor plötzlich, bald, vielleicht in einer Woche oder in einem Monat, werde er aufbrechen, zusammen mit seinen Gehilfen, eines Tages würden sie hinuntersteigen in die fernen Täler, und von dort würden sie nicht zu Fuß zurückkommen, sondern mit Pferdewagen, beladen mit

Hunderten verschiedenartigster Tiere, darunter auch Vögel, Fische und Insekten. Und dann würden sie von einem Haus zum anderen ziehen und die Tiere in allen Häusern und Höfen verteilen, und die Fische würden sie im Fluß aussetzen. Damit es hier wieder so wäre, wie es einmal war, vor jener verfluchten Nacht. Bei solchen Reden verstummten alle bestürzt. Danirs Worte erheiterten sie nicht, im Gegenteil, es war, als fiele plötzlich ein Schatten über den Platz.

Diese Zusammenkünfte von Danir, dem Dachdecker, und seinen Freunden am Ende des Tages waren die einzigen freudigen Momente im Leben des Dorfes. Kurz darauf ging die Sonne unter, und alle liefen schnell auseinander, jeder ging in sein Haus. Dann war der Platz leer, nur der Schatten blieb zurück.

Bei Einbruch der Dunkelheit wurden alle Häuser verschlossen, mit schweren Eisenriegeln und eisernen Fensterläden. Wenn es dunkel war, verließ kein Mensch mehr sein Haus. Schon um zehn Uhr abends erlosch in den Fenstern der kleinen Häuser ein Licht nach dem anderen. Nur aus der Hütte von Almon, dem Fischer, drang manchmal noch der Schein einer Lampe. Doch um Mitternacht wurde auch sein Fenster dunkel.

Dunkelheit und Stille krochen aus der Tiefe des Waldes und legten sich auf die verschlossenen Häuser und die verlassenen Gärten. Schatten zitterten auf den Wegen. Manchmal wehten kalte Winde von den Bergen, und in den Bäumen und Sträuchern kam ein Flüstern auf. Der Fluß stürzte den Berg herab und rauschte die ganze Nacht, schäumte und brodelte durch die Dunkelheit.

5

Angst erfüllte das Dorf in den Nächten. Nachts gehörte die Welt Nehi, dem Bergteufel. Jede Nacht, so erzählten hinter den geschlossenen Fensterläden die Eltern flüsternd ihren Kindern, jede Nacht kommt Nehi, der Bergteufel, aus seinem schwarzen Schloß hinter den Bergen und den Wäldern herunter, ein böser Geist auf der Suche nach Lebendigem. Und wenn er zufällig einen verirrten Grashüpfer findet oder ein vom Winterwind aus der Ferne herbeigewehtes Glühwürmchen oder einen Käfer oder eine Ameise, schlägt er sofort seinen dunklen Umhang auf und fängt das Lebewesen damit ein, und vor Sonnenaufgang schwebt er zurück zu seinem Schreckensschloß hinter den Bergen und den Wäldern, hoch oben in den Wolken.

So erzählten es die Eltern flüsternd ihren Kindern. Doch danach beruhigten sie sie wieder und sagten mit fester Stimme, daß das alles nur ein Märchen sei. Dennoch verließ niemand im Dorf nach Einbruch der Dunkelheit sein Haus. Denn die Dunkelheit und das, was sich in ihr verberge, sagten die Eltern, müsse man meiden.

Maja, das einzige Kind von Lilja, der verwitweten Bäckerin, ein sehr eigensinniges Mädchen, wollte von all dem nichts hören, sie wollte nicht an etwas glauben, das man nicht sehen kann. Alle Nachtgeschichten, die ihre Mutter ihr erzählte, waren für sie Geschwätz und Unsinn. Manchmal sagte Maja: Das ganze Dorf ist verrückt, Mama, und du bist noch ein bißchen verrückter.

Lilja sagte: Vielleicht ist es sogar gut, daß du so denkst. Vielleicht gibt es hier bei uns wirklich so etwas wie einen alten Wahnsinn. Und du, Maja, solltest besser nichts davon wissen. Gar nichts. Denn wer nichts weiß, kann nicht als schuldig gelten. Und ist auch nicht in der Gefahr, sich anzustecken.
An was anzustecken, Mama?
An Dingen, die nicht gut sind, Maja. An Dingen, die gar nicht gut sind. Und jetzt genug davon. Hast du vielleicht irgendwo mein Kopftuch gesehen, das braune? Und wann hörst du endlich auf, das Wachstuch vollzukritzeln? Schon tausendmal habe ich dich gebeten, damit aufzuhören. Genug jetzt. Schluß. Aus. Fertig.
Eines Nachts lag Maja wach unter der warmen Winterdecke und wartete, bis ihre Mutter eingeschlafen war. Dann stand sie auf und stellte sich, ohne Licht anzumachen, ans Fenster. Fast bis zum Morgen stand sie dort, wegen der Kälte in ihre warme Decke eingewickelt, doch sie sah keine seltsame Gestalt vorbeiziehen, und kein Laut drang an ihr Ohr, nur einmal glaubte sie, ein paar Gassen weiter das traurige, helle Wiehern von Nimi, dem Fohlen, zu hören, vor dem sich seiner Wieheritis wegen alle Türen des Dorfes schlossen und der immerzu draußen herumstreunte. Doch gleich darauf war nichts mehr zu hören. Im schwachen Mondlicht, das manchmal durch die Wolken brach, konnte Maja die schwarzen Bäume erkennen, die bei der Ruine gegenüber emporragten.
Und weil die Nacht leer und lang war, wartete sie auf den Mond, der manchmal ganz aus den Wolken auf-

tauchte, nur für einen Augenblick, zwischen einer Wolke und der nächsten, und es gelang ihr, die Bäume zu zählen, acht Bäume. Nach ein oder zwei Stunden, als der Mond sich wieder zeigte, zählte sie noch einmal, und da waren es neun. Beim nächsten Aufscheinen des Mondes zählte sie wieder, und immer noch waren es genau neun Bäume. Doch gegen Morgen, als die Berghänge blasser wurden, weil die ersten Sonnenstrahlen sie berührten, beschloß Maja, die Bäume noch einmal zu zählen, ein letztes Mal, und nun waren es wieder acht.

Als es Tag war, lief sie zur Ruine, und als sie dann die Bäume zählte, waren es acht. Um sich zu vergewissern, ging Maja von einem Baum zum nächsten, berührte jeden Stamm und zählte flüsternd, zählte zweimal von eins bis acht. Es gab keinen neunten Baum. Hatte sie sich in der Nacht verzählt? Vor lauter Müdigkeit? Vor lauter Dunkelheit?

Von dem neunten Baum sagte Maja kein Wort zu Lilja, ihrer Mutter, der verwitweten Bäckerin, sie erzählte weder ihren Freundinnen davon noch der Lehrerin Emanuela. Nur Mati erzählte sie es, denn Mati hatte sie eingeweiht in seinen geheimen Plan, der schon seit ein paar Monaten in seinem Kopf Gestalt annahm. Mati hörte sich Majas Geschichte vom neunten Baum an und dachte nach. Er schwieg und ließ sich Zeit mit seiner Antwort, dann sagte er, er werde in einer der nächsten Nächte auch wach bleiben und warten, bis seine Eltern und seine Schwestern eingeschlafen seien, und dann würde er sich hinausschleichen zu den Bäumen bei der

Ruine. Dort würde er die ganze Nacht stehenbleiben, keine Sekunde würde er schlafen, er würde die Bäume immer im Blick behalten, sie zählen und prüfen, ob in den dunkelsten Stunden dort noch etwas wächst, sei es nun ein Baum oder was immer, etwas, das sich kurz vor Sonnenaufgang auflöst und verschwindet.

6

Alles hatte vor vielen Jahren angefangen, noch bevor die Kinder geboren wurden, zu einer Zeit, als ihre Eltern noch Kinder gewesen waren. In einer Nacht, in einer kalten, regnerischen Winternacht, verschwanden alle Tiere, das Vieh, die Vögel, die Fische, die Kriechtiere und die Insekten, und am nächsten Morgen gab es im Dorf nur noch die Menschen.

Emanuela, die damals zehn Jahre alt war, weinte viele Wochen lang um ihre Tigerkatze Tima, die drei Kätzchen geboren hatte, zwei waren genauso getigert wie Tima, und eines war ganz gelb und wild und versteckte sich gern wie ein zusammengerollter Strumpf in einem Stiefel. In jener furchtbaren Nacht verschwanden die Katze und ihre Jungen, zurück blieb eine ausgepolsterte leere Schublade ganz unten im Kleiderschrank. Am nächsten Morgen stand Emanuela vor der Schublade, und da war nur noch ein kleines Büschel Katzenhaare und der süßsäuerliche Geruch von warmen Kätzchen und Milch.

Einige alte Leute im Dorf waren bereit, zu schwören, sie hätten in jener Nacht durch die Ritzen der Fensterläden den Schatten von Nehi, dem Bergteufel, durch das Dorf ziehen sehen, und hinter ihm eine lange, lange Reihe Schatten in der dunkler und dunkler werdenden Nacht. Aus allen Höfen, aus allen Ställen, aus allen Pferchen und Käfigen kamen die Tiere und schlossen sich an, viele Schatten, große und kleine, und der Wald verschluck-

te alle, und am Morgen war das Dorf leer. Nur noch die Menschen waren da.
Und danach schauten die Menschen einander lange nicht mehr in die Augen, vor Mißtrauen, vor Bestürzung oder vor Scham. Und von da an bis heute wollten sie kein Wort darüber verlieren. Kein gutes und kein schlechtes. Überhaupt keines. Manchmal vergaßen sie sogar, warum sie das Ganze eigentlich vergessen wollten. Trotzdem erinnerten sie sich alle insgeheim, daß es besser für sie war, sich nicht zu erinnern. Und daß es einen Grund gab, alles abzuleugnen, sogar das Schweigen selbst, und wenn sich einer trotzdem erinnerte, sagten sie zu ihm: Schweig.
Solina, die Schneiderin, die vorher Hirtin gewesen war und Geflügel gezüchtet hatte, verlor in jener Nacht ihre ganze Ziegenherde, all ihre Hühner und Enten, und auch der kleine Vogelkäfig war am Morgen leer. Ihr Mann Ginom, der Schmied, war am Tag darauf ebenfalls verschwunden, und erst eine Woche später fand man ihn zitternd vor Kälte im Wald. Vielleicht hatte er seinen Mut zusammengenommen und war auf die Suche nach den verschwundenen Ziegen, Hühnern und Enten gegangen. Als seine Frau Solina und die Ältesten des Dorfes ihn ausfragten, was er gesehen habe, brachten sie nichts aus ihm heraus, außer Klagen und Weinen. So begann Ginoms Vergißmeindochkrankheit, in deren Verlauf sein Körper anfing zu schrumpfen und in sich zusammenzufallen, bis er in den alten Kinderwagen paßte und in seinen eigenen Augen ein Lamm geworden war oder ein Zicklein.

Der alte Fischer Almon hatte schon vor langer Zeit alles, was in jener Nacht geschehen war, in sein Heft geschrieben. Dort stand auch, daß er am Abend vor jener Nacht sein Netz aus dem Fluß geholt und neun lebende Fische darin gefunden hatte. Er hatte sie in einer Wanne voller Wasser vor seiner Haustür stehen lassen, da er sie am nächsten Tag auf dem Markt verkaufen wollte. Doch am nächsten Morgen war zwar die Wanne noch voller Wasser gewesen, die Fische aber waren verschwunden.
In jener Nacht verschwand auch Sito für immer, Almons treuer Hund, ein äußerst gefühlvoller, zugleich aber auch überaus klar denkender Hund, ein ruhiger Hund, ein Hund mit einem braun-weißen und einem vollständig braunen Ohr. Diese Ohren konnte er nach vorn drehen, und manchmal, wenn er sich ganz besonders anstrengte, um zu verstehen, was geschah, berührten sie sich sogar. Dann sah er ernst aus, geradezu gebildet und sehr, sehr nachdenklich, wie ein Forscher, der sich mit aller Kraft konzentriert und es fast, es beinahe schafft, eines der Rätsel der Wissenschaft zu lösen.
Manchmal konnte Sito, der Hund des Fischers Almon, die Gedanken seines Herrn lesen. Er konnte sie erraten, noch bevor Almon sie überhaupt gedacht hatte: Plötzlich stand Sito von seinem Lager vor dem Ofen auf, lief durch das Zimmer und stellte sich fest entschlossen vor die Tür, noch eine halbe Minute bevor Almon einen Blick auf die Wanduhr warf und beschloß, daß es Zeit war, zum Flußufer zu gehen. Es kam auch vor, daß der Hund an ihm hochsprang und mit seiner warmen Zunge liebevoll und mitleidig Almons Wange leckte, um ihn

wegen irgendeines traurigen Gedankens zu trösten, der ihm erst ein oder zwei Minuten später in den Sinn kommen würde.

In all den Jahren, die seit jener Nacht vergangen waren, hatte der alte Fischer sich nicht mit dem Verlust des Hundes abfinden können, schließlich hatte sie doch eine Liebe verbunden, die voller Zärtlichkeit, Fürsorge und Vertrauen war. Konnte es sein, daß der Hund seinen Herrn plötzlich vergessen hatte? Oder war ihm vielleicht ein Unglück geschehen? Wenn Sito am Leben wäre, hätte er sich doch zweifellos befreit und wäre von demjenigen, der ihn gefangen hatte, weggelaufen und hätte sich den Weg nach Hause gesucht. Manchmal schien es Almon, als würde er von weit weg, von irgendwo tief im Wald, das dumpfe Echo eines Heulens hören, als würde es ihn rufen, komm, komm auch, hab keine Angst.

Außer dem Hund Sito waren in jener Nacht auch die zwei kleinen Stieglitze verschwunden, die immer für Almon gesungen hatten. Sie hatten ihr Nest auf dem Ast, der, wenn Wind aufkam, an seinem Fenster kratzte. Auch die Holzwürmer waren verschwunden, die nachts mit ihrem leisen Nagen Almons Schlaf erfüllt und sich ohne Unterlaß durch seine alten Möbel hindurchgebohrt hatten. Selbst sie waren seit jener Nacht für immer verstummt.

Viele Jahre lang war der Fischer daran gewöhnt gewesen, jeden Abend beim Geräusch ihres Nagens einzuschlafen, das im Dunkeln aus seinen Möbelstücken drang. Deshalb fiel ihm seit jener Nacht das Einschlafen schwer, es war, als würde die tiefe Stille ihn aus der Dunkelheit heraus verspotten. So saß nun Abend für Abend der Fischer bis Mitternacht an seinem Küchentisch und erinnerte sich, wie er früher in solchen Stunden durch die Ritzen der Fensterläden aus dem Wald das Heulen der Füchse gehört hatte und wie überall im Dorf die Hunde den Füchsen mit wütendem Gebell, das schließlich auch zu einem Geheul geworden war, geantwortet hatten. Dann war immer sein Hund zu ihm gekommen, sein geliebter Hund, und hatte seinen Kopf auf Almons Knie gelegt und Almon angeschaut, mit einem Blick voller Verständnis und Mitgefühl, Liebe und Traurigkeit. Bis Almon zu ihm gesagt hatte: Danke, Sito, nun geht es mir schon wieder besser.

So saß Almon nun also allein in der stillen Nacht, dachte nach und sehnte sich nach seinem Hund, sehnte sich nach den Stieglitzen und nach den Fischen im Fluß, sehnte sich sogar nach den Holzwürmern, schrieb Listen und radierte sie wieder aus, hörte manchmal von fern die Stimme des kleinen Nimi, der allein in der Dunkelheit umherlief, von einem Hof zum anderen, und ein Wiehern von sich gab, das sich von weitem anhörte wie ein Heulen. Dann beschimpfte Almon, der Fischer, seinen Bleistift und stritt laut mit seinem Ofen oder blätterte raschelnd in seinem Heft, um die Unruhe der Nacht und das Rauschen des Flusses zu übertönen.

In sein Heft schrieb Almon auch, daß ihm ohne die Tiere sogar die klarsten Sommernächte so vorkämen, als habe sich ein trüber Nebel über sie gesenkt, ein Nebel, der alles unter sich begrub, das Dorf, den Wald und das

Herz. Der Dunst der Sommernächte, so schrieb der Fischer in sein Heft, ist nicht weich und leicht wie der Dunst der winterlichen Frostnächte, sondern staubig, schmutzig und drückend.
Seit jener Nacht, in der Nehi, der Bergteufel, alle Tiere mit sich in sein Versteck in den Bergen genommen hatte, verrichteten die Menschen im Dorf ihre Arbeit schweigend und voller Angst. Ohne ein Haustier und ohne ein Nutztier. Allein. Nur der Fluß rauschte nach wie vor durch das Dorf und riß weiter kleine Steine, abgebrochene Zweige und Schlamm mit sich. Weder bei Tag noch bei Nacht, weder im Sommer noch im Winter kam der Fluß zur Ruhe.

7

Manchmal wagten ein paar mutige Holzfäller sich ein kleines Stück hinein in den Wald, auch Danir, der Dachdecker, und seine Gefährten wagten es, doch nur, wenn sie zu dritt oder zu viert waren, und nur, wenn es hell war.

Nie und nimmer und auf gar keinen Fall, wirklich auf gar keinen Fall, sagten die Eltern zu ihren Kindern, dürften sie nach Einbruch der Dunkelheit das Haus verlassen. Und wenn die Kinder ihre Eltern fragten, warum nicht, verdüsterten sich die Gesichter der Eltern, und sie sagten, daß die Nacht sehr gefährlich sei. Und die Dunkelheit ein schlimmer Feind. Doch das wußte jedes Kind im Dorf.

Manchmal entdeckten die Holzfäller am frühen Morgen abgebrochene Äste oder niedergetretenes Gras, dann schauten sie einander an, wiegten die Köpfe und schwiegen. Sie wußten, daß Nehi, der Bergteufel, nach Einbruch der Dunkelheit von seinem hoch oben in den Wolken gelegenen Bergschloß heruntergekommen und durch die Wälder und das Dorf gestreift war. Um Mitternacht war sein Schatten den Fluß entlang geschwebt, hatte die Gartenzäune berührt, war lautlos zwischen den Häusern mit den geschlossenen Fensterläden herumgestrichen, durch die dunklen Höfe gezogen, vorbei an den verlassenen Ställen und Pferchen, er hatte mit seinem schwarzen Umhang das Gras und das Laub gestreift, und erst im Morgengrauen war er wieder vom

Wald verschluckt worden, im Dickicht untergetaucht und im dunklen Zwielicht durch die Schluchten mit ihren Felsnischen wieder hinauf zu seinem Schreckensschloß geglitten, irgendwo dort oben in den hohen Bergen, die noch kein Menschenfuß betreten, denen sich kein Menschenfuß auch nur zu nähern gewagt hatte. Hier, so flüsterten sich die Holzfäller am frühen Morgen zu, genau hier ist er heute nacht vorbeigekommen. Vor nur fünf, sechs Stunden ist er hier vorbeigekommen, hier, wo wir jetzt stehen. Und bei diesem Gedanken packte sie ein kalter Schauder.

8

Eines Nachts beschloß Mati, das Versprechen wahr zu machen, das er Maja gegeben hatte. Doch er hatte nicht den Mut, sich anzuziehen und zu der Baumgruppe bei der Ruine hinauszuschleichen. Mati wartete, bis seine Eltern und seine Schwestern eingeschlafen waren, dann stand er auf und ging barfuß in die Küche, um bis zum Morgen mit weit offenen Augen dort zu wachen, am Fenster, von dem aus man schräg zu der Baumgruppe bei der Ruine hinüberschauen konnte. Die Bäume waren schemenhaft zu erkennen, er zählte, es waren neun. Die ganze Nacht waren es neun Bäume, und auch als die Sonne langsam aufging, waren es immer noch neun, und deshalb entschied Mati, daß Maja sich vor lauter Angst und Aufregung geirrt hatte. Oder war sie einfach eingeschlafen, und alles war nur ein Traum gewesen?

Doch als er es ihr flüsternd am Morgen erzählte, sagte sie: Komm, Mati, wir beide gehen nach der Schule dorthin und zählen noch einmal, wie viele Bäume es wirklich sind. Gemeinsam liefen sie zur Ruine und zählten genau und sorgfältig, berührten jeden einzelnen Baum mit der Hand und sagten laut seine Zahl. Es standen nur acht Bäume da, keine neun.

An den Wänden des Klassenzimmers, zu beiden Seiten der Tafel, zwischen den Fenstern und über dem Bücherschrank, hatte die Lehrerin Emanuela Warnungen in Schwarz und in Rot angebracht: Der Wald ist ein gefährlicher Ort. Hütet euch vor den Bergen. In jedem

Strauch kann Unheil lauern. Hinter jedem Fels kann sich etwas verbergen. Ein Kind, das allein durch die Schluchten streift, kommt vielleicht nie zurück, oder es kommt zurück und leidet an Wieheritis. Die Dunkelheit haßt uns. Die Welt draußen ist voller Gefahren.
Aus der Tiefe des Waldes, aus der Mitte der dichten Nadelwälder, die das Dorf von allen Seiten umschlossen, drang von morgens bis abends ein dumpfer Geruch von Dunkelheit. Und sogar in den Sommermonaten sickerte aus dem Wald eine Art grauer Winterschatten in das Dorf. Und der rauschende, brausende Fluß wand sich durch das Dorf hinab in die fernen Täler, weißschäumend, er stürzte wild bergab, als wolle er so schnell, so weit wie möglich fliehen und trotzdem einen Moment innehalten, um das Dorf zu verfluchen.

9

Von allen Kindern im Dorf waren es nur Maja und Mati, die sich zu dem dunklen Wald hingezogen fühlten. Gerade wegen all der Warnungen und wegen all des Schweigens und wegen all der Angst zog es sie dorthin, und das, was sie sich in ihrer Phantasie ausmalten, verlockte sie, herauszufinden, was sich tief im Wald verbarg. Mati hatte schon einen Plan, in den er Maja eingeweiht hatte, weil er wußte, daß Maja viel mutiger war als er selbst. Außer diesem Plan und ihrem Verlangen, in den Wald vorzudringen, hatten sie noch ein Geheimnis, ein sehr geheimes Geheimnis, das sie niemandem verrieten, nicht ihren Eltern, nicht der Lehrerin Emanuela, nicht Matis großen Schwestern, nicht Almon, dem Fischer, und nicht Danir, dem Dachdecker, keinem Freund und keiner Freundin. Nur wenn niemand in der Nähe war, der sie hätte hören können, sprachen Mati und Maja leise miteinander über das Geheimnis, über ihrer beider Geheimnis. Oft trafen sie sich am Nachmittag heimlich in einem Pferdestall, einem verlassenen und langsam zerfallenden Stall hinter Matis Haus, der außer Hörweite seiner Eltern und seiner Schwestern lag, dort flüsterten sie miteinander.

Die Kinder im Dorf, auch Matis große Schwestern, sahen die beiden zusammen flüstern und kamen gleich zu dem Schluß, daß Maja und Mati etwas miteinander hätten. Und wenn sie etwas miteinander hätten, dann wäre es doch ganz nett, sich über sie lustig zu machen,

über sie zu spotten und zu lachen. Schließlich ist es doch immer und überall so, daß ein Junge und ein Mädchen, wenn sie sich oft allein treffen, gleich als ein Paar gelten. Und ein Paar zieht Neid auf sich. Und der Neid schwärt wie eine Wunde, und statt Eiter sondert er Spott ab.
Mati und Maja sahen sich nicht als Paar, sondern als die beiden einzigen Mitwisser eines Geheimnisses. Sie hatten sich noch nie an den Händen gehalten, sie hatten einander noch nie tief in die Augen geschaut, einander noch nie verstohlen zugelächelt und natürlich auch noch nie geküßt, wenngleich es ihr und auch ihm zwei- oder dreimal in den Kopf gekommen war, wie sich so ein Kuß wohl anfühlen mag und wie man es anstellt, einen zu bekommen.
Doch über solche Gedanken sprachen sie nie. Kein einziges Wort. Was Maja und Mati verband, war nicht Liebe, sondern ihr Geheimnis, von dem niemand etwas erfahren durfte.
Wegen dieses Geheimnisses und wegen des Spotts, den sie einstecken mußten, fühlten sich Mati und Maja einander sehr nahe und zugleich sehr allein. Denn hätten sie den anderen etwas von ihrem Geheimnis erzählt, wären sie noch viel mehr verspottet und noch viel mehr ausgelacht worden. Wenn sich einer nicht anpassen will, wenn einer nicht so sein will wie alle anderen, ist das doch ein Zeichen dafür, daß er an Wieheritis oder an Meckeritis oder an sonst einer Krankheit leidet, und deshalb soll er sich ja fernhalten, damit er nicht auch noch die anderen damit ansteckt.
Manche verspotteten auch Almon, den Fischer, wegen

seines Gedankenhefts und wegen seiner Angewohnheit, in einer Ecke seines Hofs zu stehen und nach seinem Hund zu pfeifen, der doch bestimmt schon vor vielen Jahren gestorben war. Und wegen der vollkommen überflüssigen Vogelscheuche, die er in seinem Garten zwischen den Beeten aufgestellt hatte. Hinter seinem Rücken lachten sie über die langen Streitgespräche, die er mit sich selbst oder mit seiner Vogelscheuche führte. Mehr als einmal hatte der alte Fischer sogar mit dem Fluß gehadert, mit dem Mond, mit den vorbeiziehenden Wolken am Himmel. Im Dorf lachte man besonders über die gefühlvollen Versöhnungen zwischen Almon und seiner Vogelscheuche oder zwischen Almon und irgendeiner Wand oder irgendeiner Bank am Ende einer jeden Streiterei.

Sogar Lilja, die Bäckerin, Majas verwitwete Mutter, wurde von den Dorfleuten laut verspottet. Sie tippten sich ihretwegen mit dem Finger an die Stirn: Kommt, schaut doch, da geht sie wieder, diese seltsame Frau mit der seltsamen Angewohnheit, am Ende des Tages die Brotlaibe zu zerbröseln, die sie nicht verkauft hat, und die Krumen unter die Bäume oder in den Fluß zu streuen, weil irgendwann, durch irgendein Wunder, vielleicht doch einmal ein Vogel dorthin geweht werden, sich ein Fisch dorthin verirren könnte.

Aber einige von denen, die immer über Lilja und ihre Brotkrumen spotteten, blieben manchmal kurz bei den Bäumen oder am Flußufer stehen: Vielleicht doch? Irgendwann einmal? Wider alle Vernunft? Nein? Aber schon im nächsten Moment schreckten sie hoch, als hät-

te jemand neben ihrem Ohr in die Hände geklatscht. Dann zuckten sie mit den Schultern, gingen weiter und schämten sich ein bißchen.
Und wie lachten fast alle im Dorf, laut und häßlich und nicht nur hinter ihrem Rücken, über Solina, die arme Schneiderin, und Ginom, ihren lahmen Mann, der an der Vergißmeindochkrankheit litt und fast auf die Größe eines Kissens zusammengeschrumpft war und der mit schwacher Stimme meckerte wie ein verlassenes Zicklein. Solina, seine Frau, wickelte ihn immer in Windeln und deckte ihn mit zwei Wolldecken zu. Jeden Abend legte sie ihn in den Kinderwagen und machte einen langen Spaziergang mit ihm durch die Gassen des Dorfes, bis zum Ufer des Flusses, bei dessen wütendem Grollen Ginom leise und verzweifelt meckerte. Als wäre schon alles verloren.

10

Und das war ihr Geheimnis: Einmal waren Mati und Maja barfuß am Fluß entlanggegangen, um runde, abgeschliffene Steine zu sammeln, aus denen Matis Mutter kleine Schmuckstücke zum Verkauf machte. An einer Stelle hatte sich Wasser in einer Felsspalte gesammelt, einem schattigen Becken zwischen grauen Felsen, einem sehr kleinen Becken, ungefähr so groß wie der Raum zwischen Stuhlbeinen, mit einem Gewirr aus Wasserpflanzen auf seinem Grund. An diesen Wasserpflanzen hatten sich die im Wasser spiegelnden Sonnenstrahlen gebrochen, waren in unzählige kleine Lichtscherben zersprungen, es hatte ausgesehen, als zitterten viele scharfe Goldsplitter im Wasser.
Und plötzlich, zwischen den Wasserpflanzen und dem felsigen Rand, war dort etwas aufgeblinkt, etwas Unmögliches, Flimmerndes, Glänzendes, Zappelndes, doch wie kann das sein, es hatte geblitzt wie ein im Wasser versinkendes Messer, mit zitternden, tanzenden Schuppen, wie lebendiges Silber. Ein Fisch, das ist ein Fisch, das war ein Fisch, aber wieso denn ein Fisch? Es konnte kein Fisch sein, nein, bist du wirklich, wirklich sicher, Maja, daß auch du hier einen Fisch gesehen hast? Wirklich? Ich jedenfalls bin sicher, hörst du, vollkommen sicher, auch wenn es gar nicht sein kann, daß das ein Fisch war. Ein Fisch, Maja, ein lebendiger Fisch, du und ich, wir beide, haben hier gerade einen Fisch gesehen, und nicht nur gesehen, nein, wir haben ganz genau

erkannt, daß es ein Fisch war. Ein Fisch und nicht irgendein Blatt, ein Fisch und nicht irgendein Blechstückchen, ein Fisch, sage ich dir, Mati, ein richtiger, echter Fisch, ein Fisch, ganz ohne Zweifel, ein Fisch, ich habe ihn gesehen, und ich habe ihn auch gesehen, es war ein Fisch, nicht mehr als ein Fisch, aber auch nichts anderes als ein Fisch.

Ein kleiner Fisch war es gewesen, ein Fischchen, so lang wie ein halber Finger, und er hatte silberne Schuppen und Flossen gehabt, so zart wie Spitzen, und durchsichtige, zitternde Kiemen. Ein rundes, weit offenes Fischauge hatte Maja und Mati einen Moment lang angestarrt, als wollte es ihnen bedeuten, daß wir alle, alle Lebewesen auf diesem Erdball, Menschen und Vieh, Vögel und Kriechtiere und Fische, wir alle, verwandt miteinander sind, trotz unserer ganzen Verschiedenartigkeit: Haben wir nicht alle Augen, um Formen und Bewegungen und Farben zu sehen, und hören wir nicht alle Geräusche und den Widerhall von Geräuschen, oder fühlen wir nicht alle zumindest Unterschiede zwischen Licht und Dunkelheit über unsere Haut, und nehmen wir nicht alle über unsere Sinne Geruch, Geschmack, Berührungen wahr?

Und außerdem erschrecken wir alle manchmal, geraten sogar in Panik, und manchmal sind wir alle müde oder hungrig, und jeder von uns hat Dinge, die ihn anziehen, und andere, die ihn abstoßen oder Widerwillen in ihm wachrufen. Außerdem sind wir alle, ohne Ausnahme, sehr verletzlich. Und wir alle, Menschen, Kriechtiere, Insekten und Fische, wir alle schlafen, sind wach, schlafen wieder und sind wieder wach, wir alle streben danach, daß es uns gutgeht, daß es uns nicht zu warm und nicht zu kalt ist, wir alle, ohne Ausnahme, versuchen fast immer, uns zu schützen und uns vor allem zu hüten, was schneidet, beißt und sticht. Denn schließlich können wir alle sehr leicht zerdrückt werden. Und wir alle, Vogel und Wurm, Katze und Kind und Wolf, wir alle versuchen fast immer, uns, soweit es geht, vor Schmerzen und Gefahren zu schützen, und dennoch bringen wir alle uns immer wieder in Gefahr, jedesmal, wenn wir uns aufmachen, um nach Nahrung zu suchen, um zu spielen, wenn wir Abenteuer wollen, Aufregung, Macht und Vergnügen.

Somit, sagte Maja, nachdem sie diesen Gedanken eine Weile verfolgt hatte, somit könnte man vielleicht sagen, daß wir alle, ohne Ausnahme, in einem Boot sitzen: nicht nur alle Kinder, nicht nur alle Menschen im Dorf, nicht nur alle Menschen auf der ganzen Welt, sondern alle Lebewesen. Wir alle. Und ich frage mich, ob die Pflanzen nicht vielleicht auch Verwandte von uns sind, weit entfernte Verwandte.

Und der, der andere Mitreisende verspottet oder sie quält, sagte Mati, ist eigentlich der Dumme, der dem ganzen Boot schadet. Denn es gibt für keinen ein anderes Boot.

Einen Augenblick später, vielleicht auch weniger als einen Augenblick, hatte sich das Fischchen gekrümmt, seine dünnen Flossen ausgespannt und war im Schatten der Wasserpflanzen verschwunden.

Und das war das einzige Tier, das Maja und Mati in

ihrem ganzen Leben gesehen hatten. Außer auf Bildern in Büchern oder auf den Zeichnungen der Lehrerin Emanuela. Nur durch diese Bilder und durch die kleinen Figuren, die Almon, der Fischer, geschnitzt und den Kindern im Dorf geschenkt hatte, wußten Maja und Mati, daß das, was sie gesehen hatten, ein Fisch gewesen war. Und sie wußten auch genau, daß es ein lebendiger Fisch gewesen war, weil kein gezeichnetes oder geschnitztes Wesen in der Lage gewesen wäre, sich zu bewegen, sich zu winden, sich plötzlich dem Blick zu entziehen und hinunterzutauchen zu einem verborgenen Ort zwischen Wasserpflanzen.

11

Das war das erste Lebewesen, das sich seit vielen Jahren hatte sehen lassen, seit jener Schreckensnacht, in der Nehi, der Bergteufel, alle Tiere, kleine wie große, vom Pferd bis zur Taube, von der Maus bis zum Ochsen mit sich genommen hatte. Es konnte geschehen, daß die Eltern plötzlich, ohne Vorwarnung, von einer Welle der Sehnsucht oder des Kummers überflutet wurden, dann fingen sie an, für ihre Kinder die Stimmen der Vögel und des Viehs nachzuahmen, das Muhen der Kühe auf der Weide, das Heulen der Wölfe im Wald, das Gurren der Tauben, das Summen der Bienen, das Flügelschlagen der Flußenten, das Quaken der Frösche, die Rufe der Eulen und Uhus. Aber gleich darauf verleugneten die Eltern ihren Kummer, taten so, als hätten sie nur gescherzt, mehr nicht, und erklärten mit aller Bestimmtheit, daß all diese Laute nicht in die Wirklichkeit gehörten, sondern nur in Geschichten und Märchen.

Seltsam waren die Wege der Erinnerung: Die Dinge, an die sich die Menschen im Dorf zu erinnern bemühten, entzogen sich und versteckten sich tief unter der Decke des Vergessens, und ausgerechnet die Dinge, die sie vergessen wollten, traten aus dem Vergessen heraus, als wollten sie sie beschweren. Manchmal erinnerten sie sich sogar in allen Einzelheiten an Dinge, die es eigentlich nicht gab. Oder erinnerten sich an das, was es gegeben hatte und nicht mehr gab, erinnerten sich voller Schmerz und Sehnsucht daran, doch hatten vor lauter

Kummer und Scham beschlossen, daß alles nur ein Traum gewesen sei. Und sie sagten zu den Kindern: Das ist doch nur ein Märchen. Oder sagten: Das war nur ein Scherz, mehr nicht.

In manchen Kindern weckte all das eine verschwommene Sehnsucht nach etwas, was es vielleicht einmal gegeben hatte, vielleicht aber auch nie. Doch es gab auch Kinder, die gar nichts davon hören wollten oder es hörten und ihre Eltern und die Lehrerin Emanuela verspotteten. So viele Jahre waren hier im Dorf keine Tiere mehr gesehen worden, darum glaubten die meisten Kinder, daß diese ganzen Muhs und Mähs und Miaus, diese ganzen Quaks und Gagacks und Kikerikis nichts anderes waren als seltsame Erfindungen, die sich die Eltern ausgedacht hatten, ein Aberglaube aus der Vergangenheit, von dem man sich befreien müsse, um endlich das wirkliche Leben zu leben. Denn wer in der Einbildung lebt, ist nicht wie alle anderen, und wer nicht wie alle anderen ist, wird die Wieheritis bekommen, und alle werden sich vor ihm in acht nehmen, und niemand wird ihn mehr retten können.

Vielleicht hätte man als einzigen Danir fragen können, was wahr ist und was nicht, Danir, den fröhlichen Dachdecker mit den langen Beinen, den alle Mädchen im Dorf liebten, Danir, der den ganzen Tag bei der Arbeit auf den steilen Dächern mit seinen Gehilfen sang, der unterwegs gern stehenblieb, um mit den Kindern zu sprechen, als wären sie Erwachsene, oder im Gegenteil, als wäre er selber noch ein Kind, und der gerne unter den Fenstern der Mädchen Melodien pfiff.

Doch bei Danir und seinen Freunden, die sich an den langen Sommerabenden auf dem gepflasterten Dorfplatz versammelten, konnte man nie wissen, ob sie nicht einfach nur scherzten. Selbst wenn sie manchmal ernst waren, schien es doch immer, als würden sie scherzen. Jeder, der mit ihnen zu sprechen versuchte, mußte feststellen, daß er selber plötzlich aus irgendwelchen Gründen so tat, als wäre alles nur ein Scherz. Auch wenn er auf keinen Fall einen Scherz hatte machen wollen.
Außer Almon, dem Fischer, dem niemand zuhörte, weil ihn alle nicht ernst nahmen, gab es im ganzen Dorf keinen Menschen, der den Kindern beibrachte, daß die Wirklichkeit nicht nur aus dem besteht, was man mit den Augen sehen, mit den Ohren hören oder mit den Fingern fühlen kann, sondern auch aus dem, was Augen und Ohren verborgen bleibt und sich nicht mit Fingern berühren läßt, was sich manchmal, nur für einen Moment, allein dem offenbart, der mit dem geistigen Auge suchen und mit der Seele hören und mit Gedankenfingern fühlen kann. Doch wer wollte Almon überhaupt zuhören? Er war ein alter, fast blinder und geschwätziger Mann, der sich unaufhörlich mit seiner häßlichen Vogelscheuche stritt.

12

Beide hatten ihn sehen können, den Ausdruck der Bestürzung und der Furcht, nachdem der Fisch verschwunden war, sie auf seinem Gesicht und er auf ihrem, den leicht geöffneten Mund, die weit aufgerissenen Augen, die sich auf der Stirn und den Wangen ausbreitende kalkige Blässe. Sag, hast du auch gehört, was ich gehört habe? fragte sie. Sag, hast du es auch gehört? fragte er. Was war das, was da von weit, weit weg kam, von jenseits der dichten Wälder, von jenseits der tiefen Schluchten und hohen Berge, vom nördlichen Steilhang, was da herunterrollte und schon vorbei war, drei, vier dumpfe, dunkle hallende Laute, wie im Traum? War das nicht das Bellen von Hunden?

Wie sich das Bellen von Hunden anhört, das wußten Maja und Mati aus den Geschichten der Lehrerin Emanuela. Doch fast alle machten sich über sie lustig, über die, die jedem Mann nachgelaufen war und im ganzen Dorf nicht einmal den Schatten eines Mannes gefunden hatte, der auch nur einmal in ihre Richtung geschaut hätte.

Und nun, kurz nach dem Erlebnis mit dem Fisch, schien es Maja und Mati, die dumpfen Laute vom nördlichen Steilhang hätten wie Hundegebell geklungen. Oder waren es in Wirklichkeit doch keine Hunde gewesen? Vielleicht nur ein ferner Steinschlag? Eine Täuschung, hervorgerufen durch Baumwipfel, die im Wind laut geknarrt und geächzt hatten?

Wer würde Maja und Mati glauben, daß sie einen Fisch im Fluß gesehen hatten? Und daß sie noch dazu das Bellen weit entfernter Hunde gehört hatten? Wer würde sie nicht verspotten? Es kam vor, daß eines der Kinder den anderen morgens auf dem Schulhof erzählte, daß es etwas gehört hatte – und schwor, etwas gehört zu haben –, was vielleicht ein Zwitschern gewesen war. Oder ein Summen. Die anderen glaubten dem Kind, das solche Geschichten erzählte, kein Wort, sie ärgerten und verspotteten es und sagten: Hör besser damit auf, und zwar schnell, sonst wirst du wie Nimi, das Fohlen.

Vielleicht, weil der Spott die Spötter vor dem Alleinsein schützt? Weil die Spötter immer in Gesellschaft spotten und der, der den Spott hervorruft, immer allein bleibt?

Und die Erwachsenen? Warum wollten auch die nichts davon hören? Vielleicht nur, weil sie sich immer bemühten, irgendeine leise innere Stimme zu unterdrücken? Oder vielleicht, weil sie sich wegen irgend etwas schämten?

Viele Male kehrten Mati und Maja zu jener Stelle am Fluß zurück, sie beugten sich so tief über das Becken, daß ihre Nasen beinahe im Wasser versanken, doch der kleine Fisch tauchte nicht mehr auf. Vergeblich erforschten sie Dutzende, Hunderte kleiner Becken da und dort am Flußufer, zwischen den Felsspalten, an Orten, wo Wasserpflanzen den goldenen Sand am Grund des Flusses verbargen.

Doch einmal, gegen Abend, geschah es von einem Moment auf den anderen, daß etwas plötzlich weit über ihren Köpfen vorbeizog. Etwas schwebte hoch oben am dunkler werdenden Himmel, glitt dort entlang oder wurde vorbeigetragen, klein und hell wie eine einzelne Wolke im Abendwind. Es kam vom Wald herüber und wehte dorthin zurück, ganz und gar durchsichtig zog es lautlos über ihren Köpfen in Richtung Wald und erlosch fast, bevor die beiden Kinder es überhaupt richtig wahrnehmen konnten, und doch hatten sie sehen können, daß da etwas gewesen und über ihren Köpfen vorbeigezogen war, hoch und stumm, über dem Dorf und dem Fluß und dem dunklen Wald. Da trafen sich Majas und Matis Blicke. Und da durchfuhr sie ein Schauder.

13

So geschah es, daß Mati und Maja zu zwei Verschwörern wurden und einander zuzureden begannen, daß es vielleicht wirklich Tiere gab, irgendwo. Mati fürchtete sich sehr, Maja fürchtete sich etwas weniger als er, dennoch trieb es sie wie mit Zauberkraft hinein in ein großes Abenteuer, nach Anzeichen von Lebewesen wollten sie suchen. Sie ließen sich nicht mit leichtem Herzen ein auf dieses Abenteuer. Denn sie trauten dem, was sie erlebt hatten, selbst nicht recht: Vielleicht hatten sie sich den kleinen Fisch und das Hundegebell nur eingebildet? Vielleicht war es in Wirklichkeit doch nur ein silbriges Blatt gewesen, das für einen Moment im Wasser aufblitzte, bevor es versank? Vielleicht war ein alter Baum tief im Wald umgestürzt, und das Echo seines Seufzers, als er zusammenbrach, war vom Wind zu ihnen getragen worden und hatte sich angehört wie Bellen? Und wie und wo sollten sie mit ihrem Abenteuer beginnen? Und was wäre, wenn man sie erwischen und bestrafen würde? Würden auch sie zum Gespött der anderen werden? Was wäre, wenn sie wie Nimi, das Fohlen, die Wieheritis bekommen würden? Und was würde mit ihnen geschehen, wenn sie den Zorn Nehis, des Bergteufels, erregen würden? Wenn sie für immer unter seinem schwarzen Umhang verschwinden würden, genau wie vor vielen Jahren alle Tiere verschwunden waren, die es einmal im Dorf und seiner Umgebung gegeben hatte? Und wo sollten sie überhaupt anfangen zu suchen?

14

Die Antwort auf diese Frage, so sagte ihnen ihr Herz, hieß, sie müßten im Wald anfangen zu suchen. Diese Antwort machte ihnen aber solche Angst, daß sie drei oder vier Wochen lang aufhörten, über ihren Plan zu sprechen. Als wäre zwischen ihnen etwas Beschämendes geschehen, und sie hielten es für besser, so zu tun, als ob nichts geschehen wäre. Oder als wäre es geschehen, und sie hätten es vergessen.
Doch das Abenteuer hatte bereits Wurzeln in ihnen geschlagen, es drang nachts tief in ihre Träume. Es weckte keine Freude, keine Neugier, keine Aufregung und auch keinen Mut, sondern nur die graue Gewißheit, die beide nicht mehr losließ: Das ist es. So ist es und nicht anders. Daran ließ sich nichts ändern. Jetzt mußten sie es tun. Sie hatten keine Wahl.
Sie fuhren also fort, über den Wald zu flüstern, über den kleinen Fisch in der Felsspalte, über das ferne Hundegebell und über die Wolke, die über ihren Köpfen hinweggeschwebt und doch keine Wolke gewesen war, darüber und über andere Anzeichen von Lebewesen. Ihr Geflüster weckte bei den anderen Kindern und auch bei den Nachbarn Gerüchte und Gerede, man zwinkerte einander zu und kicherte: Schaut euch doch dieses Paar an, bestimmt halten sie einander schon an den Händen. Was heißt da Hände! Wieso Hände? Ich wette mit dir, daß sie sich schon geküßt haben. Und wer weiß, vielleicht haben sie einander auch schon alles gezeigt?

Manche meinten, sie würden eigentlich ziemlich gut zusammenpassen, die beiden seltsamen Kinder, sie mit dieser Mutter, der verrückten Bäckerin, die jeden Abend Brotkrumen in den Fluß streute, in dem keine Fische lebten, oder unter die Bäume, in denen keine Vögel saßen, und er mit dem, was er in seine kleinen Notizbücher schrieb und niemandem zeigte, nur Almon, dem Fischer, der mit den Wänden sprach. Oder war es gar nicht Almon, dem er sie zeigte, sondern Almons Vogelscheuche?

So umgab sie Spott, wie dunkler Schlamm, der sich im Wasser auflöst und es trüb macht. Doch Mati und Maja hatten sich schon freigegraben und waren auf der anderen Seite des Spotts herausgekommen. Eines Morgens standen beide sehr früh auf, und statt zur Schule zu gehen, stiegen sie geradewegs hinauf in den Wald.

15

Maja und Mati liefen den Fluß entlang bergauf, doch hielten sie sich nicht an den Händen. Nur ein- oder zweimal vielleicht, als sie den Fluß überquerten. Über glatte Felseninseln, von einem nassen Stein zum nächsten, sprangen sie ans andere Ufer. Da mußten sie sich an den Händen halten, um nicht zu straucheln und ins kalte Wasser zu fallen. Je höher sie in die Berge kamen, den sich dahinschlängelnden Fluß entlang, um so undurchdringlicher wurde der Wald. Immer wieder mußten sie sich durch Zweige, Gebüsch und Schlingpflanzen hindurch ihren Weg bahnen.

Manchmal hatten sie für einen Augenblick das Gefühl, nicht allein im Wald zu sein. Als wäre noch irgend jemand da oder irgend etwas, etwas Großes, Mächtiges, Dunkles, etwas, das hinter ihnen tief und ruhig zu atmen schien. Doch jedesmal, wenn sie sich umschauten, sahen sie nur immer dunkleres Dickicht. Und jedesmal, wenn sie angestrengt lauschten, hörten sie keinen Laut außer dem Geflüster des Windes in den Wipfeln, dem Rauschen des Flusses und dem Rascheln der Blätter und der trockenen Zweige unter ihren Füßen.

Ab und zu wurde das Dickicht so undurchdringlich, daß sie nur gebückt oder auf allen vieren vorwärtskamen. Manchmal führte sie ihr Weg an einer Höhle vorbei, doch wenn sie hineinschauten, sahen sie nur tiefe Dunkelheit, die ihnen aus dem Maul der Höhle entgegenkroch und nach uraltem Staub und Moder roch.

Doch dann drang aus einer Höhle plötzlich kein Modergeruch, sondern Rauch und der angenehme Geruch eines Lagerfeuers. Die beiden Kinder blieben einen Moment lang erstarrt stehen, und Mati flüsterte: Maja, komm, laß uns schnell weglaufen, bevor wir entdeckt werden. Maja flüsterte: Aber vorher will ich trotzdem hineinkriechen und sehen, was da drinnen ist, ich muß es wissen. Warte hier auf mich, Mati, versteck dich hier hinter dem Felsen, und paß auf. Und wenn du siehst, daß ich von dort fliehe, mußt du auch wegrennen. Laß dich nicht aufhalten und warte nicht auf mich, lauf so schnell wie möglich nach Hause und schau dich nicht um. Ich werde auch rennen, so schnell ich nur kann. Aber wenn, sagen wir mal, eine Viertelstunde vergeht und ich überhaupt nicht herauskomme, dann warte nicht länger auf mich. Lauf nach Hause, versuch dir den Weg zu merken, und sag Danir, dem Dachdecker, Bescheid. Nur Danir, hörst du? Keinem anderen außer ihm. Damit meine Mutter nicht erschrickt.
Mati wurde von Angst gepackt, er wollte Maja zuflüstern: Tu es nicht, es ist gefährlich, niemand kann wissen, was im Dunkel der Höhle lauert. Doch er hielt sich zurück und schwieg, denn er hatte schon immer gewußt, daß Maja mutiger war als er, und er schämte sich deshalb, er machte sich deshalb sogar über sich selber lustig.
Zwei Windungen und drei Felsstufen führten Maja zu einer schmalen Nische am Ende der niedrigen Höhle. Die Wände waren mit Ruß bedeckt, und ein Feuer warf flackernde Schatten. Diesem Feuer entstieg ein angeneh-

mer, nach Essen duftender Rauch. Mati, der draußen vor der Höhle stand, zögerte erst, dann beschloß er, nicht auf Maja zu hören, sondern ihr in die Höhle zu folgen. Nach zwei Windungen und zwei Felsstufen war es bei der dritten Stufe vorbei mit seinem Mut. Er blieb stehen, versteckte sich hinter einem Felsvorsprung und beobachtete, was mit Maja geschah. Ein kleiner Mann saß da, mit dem Rücken zu Maja, und beschäftigte sich mit dem Feuer. Er schien Maja überhaupt nicht zu bemerken, die hinter ihm stand, aufmerksam, angespannt und bereit, sich sofort umzudrehen und wegzurennen.
Der kleine Mann stocherte mit einem Stock im Feuer, in dem er sich ein paar Kartoffeln und Zwiebeln röstete. Vorsichtig rollte er die Kartoffeln in der Glut von einer Seite auf die andere, schob die glühende Asche zusammen, und währenddessen sprach er freundlich mit seinem Feuer, ermutigte es und lobte sich selbst. So kümmerte er sich um das Feuer und sprach und sprach vor sich hin, ohne Maja zu bemerken, die sich bückte, um ihn aus der Nähe zu betrachten, während Mati hinter seinem Felsvorsprung Maja erschrocken beobachtete und nicht wußte, was er jetzt tun sollte. Seine Füße wollten so schnell wie möglich fliehen, und seine Gefühle verlangten nachdrücklich von ihm, weiterzugehen und sich neben Maja zu stellen. Während seine Füße und seine Gefühle miteinander stritten, blieb Mati wie festgenagelt hinter dem Felsen stehen, nahe bei Maja, doch nicht so nah wie sie bei dem Fremden und etwas näher als sie zum Höhlenausgang.
Plötzlich drehte sich der Fremde zu ihnen und lächelte

ruhig, nicht im geringsten überrascht, als habe er die ganze Zeit über gewußt, daß unerwartete Gäste gekommen waren, und habe nur darauf gewartet, daß er seine Arbeit am Feuer einen Moment unterbrechen konnte, um seine Pflicht als Gastgeber zu erfüllen.
Maja? Mati? Möchtet ihr euch vielleicht setzen und ein bißchen ausruhen? Wollt ihr mit mir geröstete Kartoffeln essen? Kommt, setzt euch. Ich habe auch Gemüse und Pilze und Obst und Nüsse. Setzt euch zu mir.

16

Mati und Maja waren sehr bestürzt, denn der Mann war kein Mann, der Mann war ein Junge, kein fremder Junge, sondern Nimi. Nimi, den alle Nimi, das Fohlen, nannten, Nimi mit der laufenden Nase, der früher immer von seinen Träumen hatte erzählen wollen, von Schuhen, die sich mitten in der Nacht in zwei Igel verwandelt hätten, und von einem Schlauch, der zu einer Schlange oder zu einem Rüssel geworden sei, Nimi, den alle ausgelacht hatten. Nimi, der einmal davongelaufen war, allein in den Wald, und dort wohl auf etwas gestoßen war, das ihn so erschreckt oder erschüttert hatte, daß er die Wieheritis bekommen hatte. Der Wieheritis wegen hatte er aufgehört zu sprechen, lief nur noch wiehernd durch die Gassen des Dorfes, mit dem breiten Spalt zwischen seinen vorstehenden Schneidezähnen und einem immerfort tränenden Auge. Seit damals wanderte er Tag und Nacht umher, im Winter, im Sommer, ohne Zuhause und ohne Freunde, auch Maja und Mati hatten ihm nicht helfen können, und sogar seine Familie hatte ihn aufgegeben und nichts mehr mit ihm zu tun haben wollen.
Und nun, hier in dieser Höhle, hatten Mati und Maja Nimi gefunden. Nicht den wiehernden Nimi, nicht den Nimi, der vor den Menschen davonlief und auf Bäume kletterte und von hohen Ästen herunter Fratzen schnitt, sondern einen Nimi, der sprach und beide an der Schulter berührte und sie einlud, mit ihm im Feuer geröstete

Kartoffeln und Zwiebeln zu essen, und sogar sein tränendes Auge lächelte sie freundschaftlich an.
Und dann, als sie zu dritt satt und zufrieden um die Glut saßen, verriet ihnen Nimi, daß sein Wiehern überhaupt keine Krankheit war, sondern eine Entscheidung. Er hatte genug von all den Quälereien, all dem Hohn und Spott, deshalb hatte er beschlossen, ganz allein zu leben, allein und frei, ohne Eltern, ohne Nachbarn, ohne Klassenkameraden, ohne Leute, die ihn kränkten, und ohne daß ihm irgend jemand im Dorf oder auf der ganzen Welt sagte, was er tun sollte und was nicht. Deshalb hatte er sich entschieden, allein zu leben. In Frieden und in Freiheit. Er hatte zwar einen großen Spalt zwischen seinen Schneidezähnen, die noch dazu vorstanden, aber hinter diesen merkwürdigen Zähnen befand sich wenigstens ein Kopf und kein Giftpilz wie bei jenen Spöttern. Manchmal hatte er Lust, im Dorf herumzurennen und zu wiehern, dann wichen alle vor ihm zurück, weil sie Angst hatten, angesteckt zu werden. Doch hier war sein Zuhause, hier lebte er, in dieser Höhle, in der er lauter Sachen hortete, die er sich im Dorf zusammengesucht hatte, Bücher, Einmachgläser, Kordeln, Zwieback, Geschirr, Hefte, Bretter, Kerzen und Kleidungsstücke. Und Almon, der Fischer, erlaubte ihm, nachts Kartoffeln aus seinem Feld zu graben und so viel Gemüse in seinem Garten zu ernten, wie er wollte.
Und warum hast du keine Angst vor dem Wald? Keine Angst vor Nehi?
Doch, manchmal habe ich Angst, besonders nachts, aber nicht vor Nehi, sagte Nimi. Und wenn ich hier in

meiner Höhle bin, habe ich viel weniger Angst, als wenn ich unter Kindern bin, die mich anwiehern und mit Steinen und Dachziegeln nach mir werfen, oder unter Erwachsenen, die mit dem Finger auf mich zeigen und rufen: Schaut nur, da kommt er, der Wieheritiskranke, seine Eltern können einem leid tun! Und dann die kleinen Kinder warnen, sie sollten ja nicht in meine Nähe kommen.

Sag, Nimi, hast du hier im Wald schon einmal Tiere gesehen? Nein? Und Nehi? Hast du vielleicht Nehi gesehen? Und noch etwas, Nimi, gibt es wirklich so etwas wie die Wieheritis?

Statt auf diese Fragen zu antworten, stand Nimi, das Fohlen, auf, reckte sich, winkte ihnen zu, zog die Nase hoch, lächelte, seine Zähne standen vor, sein Auge tränte, er lächelte sich selbst zu und nicht Maja und Mati, machte einen Satz zwischen ihnen hindurch in Richtung Höhlenausgang und gab plötzlich ein lautes Wiehern von sich, das sich verzweifelt und zugleich frech und herausfordernd anhörte. Noch immer wiehernd, trabte er hinaus und rannte lauthals wiehernd zwischen den dicken Baumstämmen davon. Seine Stimme wurde leiser und leiser, bis sie ganz vom Wald verschluckt war.

Nachdem das Feuer in Nimis Höhle ausgegangen war, beschlossen Mati und Maja, ihren Weg den bewaldeten Berghang hinauf fortzusetzen, den Weg, der immer steiler und gewundener wurde und mehr und mehr einem engen, dunklen Tunnel durch das dichte Gewirr des Unterholzes glich.

Schon bald gab es keinen Weg mehr, auch kein Spinnen-

netz aus Waldpfaden, sondern nur undurchdringliches Dickicht, dicke Schattengewächse, die eher schwarz als grün waren, dornige Pflanzen, brennende und auch solche, die wie Giftschlangen in die Haut bissen.
Mati und Maja achteten darauf, sich nicht zu weit vom Fluß zu entfernen, doch es gelang ihnen nicht immer, sich an seinem Ufer weiterzubewegen, denn manchmal stürzte das Wasser zwischen zwei steilen Felswänden bergab, oder es wurde sogar gänzlich von der Erde verschluckt, bevor es an einer anderen Stelle unerwartet wieder auftauchte. Doch sein lautes Rauschen half Maja und Mati, sich auf dem Weg bergauf zu orientieren, als wäre der Fluß ein wütender, lauter Reiseführer, der keine Sekunde schwieg, manchmal knirschte er mit den Zähnen auf seinem Weg durch sein Bett aus Kies und Steinen, manchmal ließ er ein dumpfes Dröhnen hören, wenn er sich zwischen Felswänden hindurchzwängte oder in schäumenden Wasserfällen bergab tobte.
Ein paar Stunden später hatten sie den Fluß verloren. Noch nicht einmal sein fernes Echo war mehr zu hören, nur noch andere Geräusche des Waldes: Es knirschte, stöhnte und zischte, als würde etwas ächzen, schnaufen und flüstern, etwas, das ziemlich nah und dennoch nicht zu sehen war. Und etwas anderes hustete nicht weit von ihnen ein ersticktes Husten, und wieder etwas anderes sägte hartnäckig oder zermalmte irgend etwas zwischen starken Zähnen, hielt einen Moment inne, als sei es müde geworden, und fing wieder an zu malmen.
Nach Majas und Matis Gefühl mußte es schon bald dunkel werden. Sie hatten vor, sich eine Höhle zu

suchen, in der sie auf den Morgen warten konnten. Zu ihrem Erstaunen aber blitzte zwischen den Baumstämmen immer noch Tageslicht auf.
Mati blieb stehen, um tief durchzuatmen und ein paar Dornen und Kiefernadeln aus seinen Kleidern zu ziehen. Maja, die ihm fast immer ein paar Schritte voraus war, blieb auch stehen und wartete auf ihn. Sie schlug vor, weiter den Berg hinaufzusteigen, solange es noch hell war. Oder willst du, daß wir nach Hause gehen? Das klang nicht wie eine Frage, sondern so, als wüßte sie schon, was er antworten würde.
Mati hatte eigentlich schon längst zurückgehen wollen. Doch der Vorschlag, aufzugeben und nach Hause zurückzukehren, sollte von ihr kommen und nicht von ihm. Deshalb fragte er: Was meinst du, Maja?
Und Maja fragte zurück: Und du?
Mati kämpfte einen Moment mit sich. Dann sagte er mit ritterlicher und entschiedener Stimme: Ich habe beschlossen, daß wir das tun werden, was du sagst.
Und Maja sagte: Gut, daß wir bei Nimi etwas gegessen haben, an seinem Feuer, aber jetzt bin ich wieder hungrig und auch müde.
Gehen wir also zurück? fragte Mati.
Vielleicht, sagte Maja. Ja. In Ordnung. Aber nicht nach Hause. Komm, laß uns zu Nimis Höhle gehen und dort bis zum Morgen bleiben. Und dann steigen wir weiter hinauf.
So machten sie sich an den Abstieg. Und diesmal war es Mati, der vorausging und für sie einen Weg durch das Dickicht bahnte. Doch das Gestrüpp wurde immer dich-

ter und undurchdringlicher. Sie fühlten sich wie zwei erschöpfte Schwimmer zwischen hohen Wellenbergen. Statt sich abwärts zu bewegen, stiegen sie schon wieder einen steilen, bewaldeten Berghang hinauf. Und wieder hatten sie das Gefühl, daß die Dunkelheit nicht mehr fern war, und nun würden sie niemals zurück zu Nimis Höhle finden.

Ein Schatten huschte plötzlich über ihre Köpfe hinweg, lautlos flog er über die Wipfel und streifte sie fast, schwebte dahin und verdunkelte das Unterholz und war gleich wieder verschwunden. Als hätte für einen Augenblick eine schwere, schwarze Decke alles zugedeckt. Und da durchfuhr sie tiefes Entsetzen vor diesem Zauberspuk, Angst vor dem Tag, der kein Tag war, Angst vor der Nacht, die keine Nacht war. Doch weder er noch sie sagten ein Wort darüber. Schweigend bahnten sie sich weiter ihren Weg. Bis sie plötzlich einen buckligen Berghang erreichten und beschlossen, sich auszuruhen und zu überlegen, was sie nun tun sollten. Maja ging nur schnell noch ein Stück weiter, denn ihr war, als habe sie von weitem das leise Rauschen des Flusses gehört.

Dort auf dem Berghang, zwischen zwei Felsen, bückte sich Mati, um einen kleinen Stein zu betrachten, einen gewölbten Stein, der ihn an das Bild einer Schnecke erinnerte, vielleicht war das ja eine versteinerte Schnecke. Indessen kletterte Maja den Hang hinauf und näherte sich dem, was ihr wie das Rauschen des Flusses geklungen hatte. Mati konnte sie plötzlich nicht mehr sehen, konnte auch ihre Schritte nicht mehr hören, doch hatte er Angst, laut nach ihr zu rufen. Und als Maja sich umschaute, sah auch sie Mati nicht mehr, er war zwischen den Bäumen verschwunden, und auch sie hatte Angst, ihn zu rufen, denn beide hatten das Gefühl, nicht die Stimme erheben zu dürfen. Weil sie nicht allein hier waren, sondern irgendwo hier tief im Wald etwas auf sie wartete. Oder über sie hinwegschwebte. Oder vielleicht einfach bewegungslos im Schatten der Bäume stand und sie beobachtete. In dem tiefen Schweigen, das über allem lag, hatte Mati plötzlich das Gefühl, daß nicht nur er es war, der auf einmal sein Herz laut und erschrocken pochen hörte, sondern auch das, was dort zwischen den Schatten stand und ihn ohne Unterlaß beobachtete, auch dieses Etwas konnte ihn hören.

Und als Mati den Schneckenstein auf den Felsen legte und den Blick hob und Maja nicht sah, kroch neben seinem Schuh eine Schnecke entlang, doch als Mati wieder zu Boden blickte, war sie schon in einer der Felsspalten verschwunden. Als wäre sie nie da gewesen.

17

Mati zögerte und beschloß dann, daß es am besten sei, sich hinzusetzen und auf Maja zu warten, am Fuß des Felsens, der wie eine große Axt aussah. Denn was wäre, wenn er sie suchen würde? Vielleicht würde sie auf einem anderen Weg zurückkommen, und wenn sie ihn dann hier nicht fände, würde sie ihrerseits wieder loslaufen und ihn im Wald suchen und sich vielleicht verirren, und so würden sie einander suchen, bis es dunkel geworden wäre. Er setzte sich hin, lehnte sich mit dem Rücken an den Axtfelsen und wartete, und dabei lauschte er angestrengt auf jedes Rascheln, auf jeden Hauch.
Von oben sah der Wald wie ein riesiger Vorhang aus, dunkel, durchwirkt von grünen Flecken, in Hellgrün, Graugrün, Gelbgrün und beinahe schwarzem Dunkelgrün.
In der Ferne, tief unter ihm, suchten Matis Augen die ziegelgedeckten Dächer ihres Dorfes, doch das Dorf war verschwunden. Mati stellte sich den Garten von Almon, dem Fischer, vor. In allen Einzelheiten sah er den Gemüsegarten vor sich, sogar die Vogelscheuche sah er zwischen den Beeten stehen. Er sah auch vor sich, wie der alte Fischer dort seufzend zwischen den Beeten umherlief, langsam zu seinem Gartentisch ging, voller Sehnsucht nach seinem Hund Sito, nach den Stieglitzen, nach den Fischen und sogar nach den Holzwürmern, die früher die ganze Nacht in seinen Möbeln genagt hatten. Sicherlich schimpfte er jetzt mit der Vogelscheuche oder

stritt beim Gehen mit sich selber, sicherlich blieb er sich keine Antwort schuldig, sondern murmelte etwas, dem man nicht widersprechen konnte, in seinen dichten weißen Schnurrbart.

Und dort, nicht weit entfernt von der Ruine, stand die Lehrerin Emanuela allein hinter ihrem Haus und hängte Wäsche auf die Leine. Mati kannte den ganzen Tratsch über sie. Jeder wußte, daß die Lehrerin Emanuela, eine nicht mehr junge Frau, all die Jahre über versucht hatte, die Aufmerksamkeit der Männer auf sich zu ziehen, egal, ob sie verheiratet oder nicht verheiratet waren, jung oder nicht mehr jung. Doch im ganzen Dorf hatte sich kein Mann gefunden, der sich für sie interessierte. Manchmal hatte sich auch Mati den Spöttern angeschlossen, die Emanuela Keinmannela nannten. Doch nun tat es ihm plötzlich leid. Die Einsamkeit der Lehrerin Emanuela kam Mati jetzt traurig vor, zerriß ihm das Herz.

Als er an die Gasse dachte, die zum Haus seiner Eltern führte, sah Mati Danir vor sich, den Dachdecker, der mit seinen beiden Gehilfen auf einem der Dächer saß, sah, wie sie hämmerten und lachten, weil sie mit ihren Hämmern den Takt eines fröhlichen Marsches schlagen konnten.

Mati stellte sich auch Solina vor, die Schneiderin, wie sie auf ihrem Spaziergang stehenblieb und sich über den Wagen ihres lahmen Mannes beugte, vielleicht, um die Decken zurechtzuziehen oder um ihm die nassen Windeln zu wechseln, vielleicht auch nur, um ihm über seine dünnen weißen Haare zu streicheln, während Ginom aus der Tiefe seiner Vergißmeindochkrankheit heraus ein schwaches, herzzerreißendes Meckern ausstieß, weil er sich selbst für ein Zicklein hielt und seine Frau für seine Ziegenmutter.

Und vielleicht kam gerade jetzt, während er hier saß und sich das Leben im Dorf vorstellte, Lilja, die Bäckerin, Majas Mutter, aus ihrem Haus und ging zu dem einzigen Laden auf dem Dorfplatz. Vielleicht traf sie dort Solina, die ihren Mann im Kinderwagen spazierenfuhr. Lilja blieb bestimmt stehen, wie sie es immer tat, um ein paar Worte mit Solina zu wechseln und ihr zu erzählen, wie schwer es sei, eine so eigensinnige Tochter wie Maja zu erziehen, frech wie der Teufel, doch beileibe nicht grausam: Das Problem ist nur, daß meine Tochter einen viel zu starken Charakter hat, immer weiß sie alles besser als ich und besser als alle anderen, und deshalb muß alles immer genau, ganz genau so ablaufen, wie sie es will.

Dann strich sich Lilja sicherlich über die Schürze und entschuldigte sich, denn immer senkte sie den Blick und bat jeden Menschen ohne Grund um Entschuldigung, verabschiedete sich hernach von Solina und Ginom und ging weiter, den Karren mit dem alten Brot vor sich her die abschüssige Gasse hinunterschiebend. Die Karrenräder hätten eigentlich schon längst geschmiert oder vielleicht sogar ausgewechselt werden müssen.

Warum gehe ich nicht mal zu Lilja und schmiere die Räder selbst, dachte Mati, es kann mir doch egal sein, was die Leute reden. Sollen sie doch reden. Sollen sie doch spotten. Maja und ich haben etwas gesehen, wo-

von die noch nicht einmal träumen können. Und wenn wir aus diesem Wald herauskommen, werden wir vielleicht etwas wissen, was das ganze Dorf nicht weiß. Oder wovor es sich hütet, es zu wissen. Oder was das ganze Dorf vielleicht weiß und nur so tut, als wüßte es es nicht, wie der kleine Nimi, der nur so tut, als hätte er die Wieheritis, um frei zu sein.
Falls wir überhaupt jemals wieder heil und gesund aus dem Wald herauskommen. Wie seltsam, es hätte doch eigentlich längst Nacht, längst dunkel sein müssen, aber der Abend dauerte an. Als würde er von einem Zauber festgehalten.
Und was wird sein, wenn Maja schon viel zu weit weg ist?
Und was, wenn sie sich verlaufen hat?
Und was, wenn wir uns beide im Spinnennetz des Waldes verirrt haben?
Und wieviel Zeit, wenn überhaupt, bleibt uns noch bis zum Einbruch der Nacht?
Vielleicht haben sie zu Hause noch gar nicht angefangen, sich um uns zu sorgen. Aber bald werden sie es tun.
Lange saß Mati so da und schaute von hoch oben hinunter, versunken in seine Gedanken und Vorstellungen. Eigentlich aber war er nur damit beschäftigt, die Angst zu überwinden, die von Sekunde zu Sekunde stärker wurde, die ihm unter die Haut kroch und ihm einen Schauer über den Rücken jagte. Denn Maja kam nicht wieder, und auch danach kam sie nicht wieder, sie kam überhaupt nicht wieder. Er wurde immer zorniger auf sie. Wohin war sie verschwunden? Konnte es sein, daß

sie ohne ihn ins Dorf hinabgestiegen war? Es würde ihr nur recht geschehen, dachte er, wenn ich mich jetzt auf den Weg machen würde, um vor Einbruch der Dunkelheit zu Hause zu sein.

Doch dann verwandelte sich sein Zorn auf Maja in schreckliche Angst, Angst vor dem Flüstern der hohen Bäume, vor der Stille, vor dem Wind. Und inzwischen lag schon der Geruch des späten Nachmittags oder des frühen Abends in der Luft, und der Wind flüsterte im Laub und in den Nadeln der Bäume. Und plötzlich schien es Mati, der schon aufgestanden war, um so schnell wie möglich nach Hause zurückzurennen, als höre er für einen Moment von sehr, sehr weit weg wieder Fetzen von Hundegebell. Ihm war auch, als höre er vom Berggipfel, durch den Wald, undeutlich Majas Stimme, die wieder und wieder aus großer Entfernung rief: Mati, Maaa-ti, komm he-her, koo-hom he-her, koohom …

Und er wußte nicht, welche der beiden Möglichkeiten ihm die schlimmere war: diesem Ruf nicht zu folgen, der vielleicht ein verzweifelter Hilferuf war, oder im Gegenteil, aufzustehen und in den Wald hineinzulaufen, der Stimme nach, die ihn vielleicht in die Irre führte oder in eine gefährliche Falle lockte, eine Stimme, die nicht von oben kam, vom Berggipfel, sondern nur aus seinem Kopf, aus Angst und Verzweiflung, die es schon vermocht hatten, sein Herz zu verdunkeln und ihm den Atem zu nehmen, als hätte ihm jemand den Fuß schwer auf seine Brust gestellt.

18

Schließlich entschied sich Mati, aufzustehen und die Felsen hochzuklettern. Der Wald um ihn herum wurde noch dichter und noch dunkler, als würden sich die Bäume absichtlich zusammendrängen, um ihm den Weg zu versperren. Doch zwischen den Stämmen war plötzlich wieder so etwas wie ein Weg zu erkennen, die Umrisse eines schmalen Pfades, der sich den Berg hinaufwand, über steile Hänge hinein in schwarzes Dickicht. Dieser Weg führte in scharfen Kurven höher und höher zum Gipfel hinauf, wo die untergehende Sonne anfing, dem Himmel über den Baumwipfeln die Farbe eines gewaltigen Feuers zu geben, dann die Farbe von Wein, schließlich die Farbe von glühenden Kohlen. Bald würde sich ein dunkler Aschevorhang über den Himmel und die Erde senken.

Da plötzlich lag eine Steinmauer vor ihm, in der Mauer war ein Tor aus dicken Baumstümpfen, und über der Mauer und dem Tor schwebte etwas, eine Art Wolke, die in verschiedenen Farben leuchtete. Viele seltsame Stimmen drangen an sein Ohr, hohe, spitze und dunkle, dumpfe und hauchdünne, sanfte, wie Schneeflocken, pfeifende und zitternde und schnaufende und zirpende, sägende und streichelnde Stimmen, Stimmen, wie Mati sie noch nie gehört hatte und an die er sich dennoch erinnerte und von denen er wußte, daß sie Tieren gehörten, Vieh und Vögeln, darunter ein ruhiges Muhen, ein tiefes Brummen und zwitschernde, trillernde, jubilierende Chöre. Und unter all diesen Stimmen hörte er auch Majas Stimme, klar und hell vor Freude: Mati, was ist denn mit dir, warum bleibst du wie angewachsen da draußen stehen, mach das Tor auf, Mati, komm auch herein.

19

Mati blieb noch kurz vor dem Tor stehen und überlegte, was er tun sollte. In ihm war das seltsame, das unergründliche Gefühl, schon einmal an diesem Ort gewesen zu sein, vielleicht sogar mehr als einmal. Irgendwann hatte er schon einmal hier vor diesem Tor gestanden, so wie jetzt. Irgendwann hatte er schon einmal überlegt, ob es besser sei, wegzulaufen oder hineinzugehen. Irgendwann hatte er schon einmal beschlossen, hineinzugehen, war hineingegangen und hatte alles gesehen. Und er wußte, wenn er jetzt seine ganze Willenskraft zusammennähme, würde er sich vielleicht in einem Augenblick an alles erinnern, was er nicht mehr wußte. Vielleicht würde er sich sogar an das erinnern, was er noch nie gesehen und gewußt hatte.

Mati sah, daß das Tor nicht ganz geschlossen war, sondern nur beinahe, und er erinnerte sich, ohne sich zu erinnern, daß das Tor schon einmal nicht ganz geschlossen war, daß dieses Tor immer nicht ganz geschlossen war. Vielleicht würde er es mit einem harten Stoß schaffen, das Tor aufzudrücken, hineinzugehen und Maja zu retten?

Aber vielleicht war es doch besser, sich auf der Stelle umzudrehen und zu fliehen? So schnell wie möglich den Berg hinunterzurennen, ohne anzuhalten, zu rennen, ohne sich umzudrehen, nach Hause zu rennen, solange er noch dazu in der Lage war? Zu rennen und alles seinen Eltern zu erzählen, der Lehrerin Emanuela, Danir, dem Dachdecker, den Wachleuten, die sich gleich auf den Weg machen würden, um Maja zu retten? Denn er stand vor dem Bergschloß von Nehi, dem Bergteufel, und Maja war in diesen Mauern gefangen, sie war schon verloren. Und er dachte: Allein kann ich sie nicht retten, und wenn ich nicht gleich von hier fliehe, werde auch ich verloren sein. Die Sonne geht schon bald unter, und wenn ich jetzt nicht sofort bergab renne, nach Hause, so schnell mich meine Füße tragen, werde ich allein hier in der Dunkelheit stehenbleiben, vor dem Festungstor des Bergteufels, und nie mehr nach Hause zurückkommen.

Mati drehte sich um und wollte schon den Berg hinunterrennen, als Majas Stimme ihn zurückhielt. Maja stand zwischen den beiden Torpfosten, hielt etwas auf dem Arm, drückte es zärtlich an ihre Brust, etwas Graues, Rundliches, Seltsames, und sagte: Komm, hab keine Angst, Mati, komm zu mir, schau dir dieses Wunder an, komm, Mati, hab keine Angst, komm und schau, wie gut es hier ist.

20

Als er näher kam, sah Mati, daß das, was Maja im Arm hielt, ein Kätzchen war: nicht das Bild von einem Kätzchen und auch nicht die Holzfigur eines Kätzchens, sondern ein kleines Lebewesen, ein winziges, wolliges, weiches Tierchen, das Mati aus runden Augen anschaute. Seine Ohren waren neugierig nach vorn geklappt, und seine Schnurrhaare zitterten wißbegierig, als wäre es nicht eine Katze, sondern ein Philosoph, ein großer, ein tiefschürfender Denker, der sich sehr konzentriert, um herauszufinden, wer das sein könnte, der so plötzlich hier aufgetaucht war, und warum er hier aufgetaucht war. Vor allem aber wissen wollte, was sich dort abspielte, in den unbekannten Welten außerhalb der Mauern.

Mati erschrak und wich einen Schritt zurück, denn eine lebendige Katze hatte er noch nie zuvor gesehen, und es kam ihm vor, als würde sich das Kätzchen aufblasen und wieder abschwellen und wieder aufblasen und wieder abschwellen, ununterbrochen, auf eine Art, die Mati seltsam und erschreckend vorkam: Noch nie im Leben hatte er gesehen oder sich auch nur vorstellen können, daß Tiere atmeten, daß sie die Luft einatmeten und wieder ausatmeten, genau wie die Menschen.

Maja aber ließ nicht locker, nahm Matis Hand, versenkte seine schreckensstarren Finger in dem weichen Katzenfell, bis die Schreckensstarre sich löste und Ruhe ihn durchströmte, von seiner Hand, die streichelte und gestreichelt wurde, über seine Arme und seine Schultern bis in seinen ganzen Körper. Und plötzlich gefiel ihm die Berührung des Katzenfells, auch die Berührung von Majas Fingern, die seine Hand hielten und über den samtigen Katzenrücken führten, gefiel ihm sehr. Ihm war, als würde sich ein zartes Zittern übertragen, von ihrer Hand in seine Hand und von seiner Hand ins Fell der Katze, die ihn jetzt aus großen, runden, erstaunten Augen anschaute, arglos und vertrauensvoll. Und dann machte die Katze die Augen zu, und einen Moment lang machte auch Mati die Augen zu und nahm mit den Fingerspitzen das zittrige Beben der Katze auf, ein Beben, das entstand, weil sie vor Behagen anfing zu schnurren, leise und unaufhörlich, und zugleich ihre Wangen und ihre Stirn immer wieder in seine streichelnde Hand schob, sanft, aber nachdrücklich, und sich daran rieb. Die Augen der Katze gingen auf und wieder zu, durch einen schmalen, grünen Spalt schaute sie Mati an, als wolle sie sagen, ja, streichle mich bitte, Mati, das ist für uns beide schön, streichle mich, ja, bitte, hör nicht auf. Und dann blinzelte die Katze Mati zu, es war ein schnelles, aber einverständiges Blinzeln, als ob ein Geheimnis sie beide verbinden würde. Als wolle die Katze Mati bedeuten, daß sie genau wußte, wie sehr ihr Fell seine Finger zum Streicheln reizte, welches Vergnügen ihm ihr Schnurren machte, das Mati in seiner Hand, die zwischen dem Katzenfell und der Hand von Maja lag, spüren konnte. Es war ein Vergnügen, das er noch nie empfunden hatte, ihm wurde fast schwindlig davon. Wellen von Wohlgefühl durchfluteten Mati, auf seiner Hand spürte er Majas Finger und unter seiner Hand das weiche Fell des Kätzchens.

Mati wurde ruhig, Zärtlichkeit erfüllte ihn, und je ruhiger er wurde, um so weniger Angst hatte er. Er hob den Blick und sah, daß er schon innerhalb der Mauern stand. Er sah den Garten, und als er den Garten sah, wußte er, daß er nun in der Festung von Nehi, dem Bergteufel, war. Doch statt Angst und Entsetzen erfaßte Mati Neugier und Staunen.

21

Eine Augenweide war der Garten, von Bäumen beschattet und lichterfüllt, nicht nur vom Schein der untergehenden Sonne, sondern auch von starken, bunten Strahlen, die zwischen den Bäumen blitzten, den Büschen, den blühenden Blumenbeeten, den Wasserbecken und den kleinen Bächen da und dort im Felsgestein.

Das Licht, flüsterte Maja, kommt nicht, wie du wohl denkst und wie ich gedacht habe, als ich hergekommen bin, von verborgenen Lampen, es sind Glühwürmchen, Schwärme von Glühwürmchen, die so wunderbar leuchten.

Überall im Garten wuchsen Obstbäume und Zierbäume und Sträucher und Gräser und Farne und Blumen, er war überzogen von einem zarten Knospennetz in vielen Farben, Orange und Gold und Violett und Rot und Gelbgrün und Gelb und auch Hellblau und Rosarot und Purpur und Dunkelrot.

Mati schaute hinauf zu den Wipfeln der hohen Bäume und sah und hörte zum ersten Mal in seinem Leben Vögel, viele Vögel, die miteinander sangen und durcheinander schwatzten, ihre Flügel ausbreiteten, sich plötzlich erhoben und von einem Zweig zum anderen flogen. Am Ufer der Bäche und selbst in den kleinsten Pfützen sah man Wasservögel friedlich auf einem Bein stehen, das andere hatten sie angezogen, und immer wieder steckten sie ihre rosa Schnäbel ins Wasser hinein. Ruhe erfüllte Mati, eine sanfte Ruhe, wie er sie noch nie in seinem Leben empfunden hatte, außer vielleicht in einer versunkenen Erinnerung, einer Erinnerung tief unter jeder anderen Erinnerung, einer Erinnerung an die Ruhe eines Neugeborenen, das im Schoß seiner Mutter geborgen ist, die ihn mit einem Wiegenlied zärtlich in den Schlaf singt.

War ich schon einmal hier? Gleich nach meiner Geburt? Oder vielleicht sogar davor?

Der Garten erstreckte sich weit in alle Himmelsrichtungen, blühende Hänge, die in dunkle Wälder übergingen, Obsthaine und Gemüsebeete, soweit das Auge reichte. Da und dort flossen, Silberfäden gleich, kleine Bäche. Und über allem schwirrten unzählige Insekten, die surrten und summten und brummten. Es schien, als wollten sie in ihrem Hin und Her ein Netz aus dünnen Fäden weit über den Garten spannen, und auch all diese zarten unsichtbaren Fäden schienen bei jedem Windhauch zu surren und zu summen und zu brummen, eine leise, seltsame Melodie.

Eigenartige Schlangen, schnell dahinhuschende Geschöpfe mit tausend Füßchen raschelten unter den Sträuchern, und große, träge Eidechsen dösten dort mit offenen Augen. Zwischen den Gemüsebeeten liefen Schafe, Giraffen, Büffel und Rehe über das Gras, und Hasen hüpften fröhlich herum. Da und dort schritten, wie Gäste in einem Kurort, ein paar Wölfe daher, der ein oder andere Bär, ein Fuchspaar mit buschigen Schwänzen und ein zottiger Schakal, der plötzlich zu Maja und Mati kam, mit einer sehr roten, langen Zunge, die seitlich aus seinem Maul heraushing, zwischen zwei Reihen spitzer, glänzender Zähne. Der Schakal begann, seinen schmalen Kopf an Matis Knie zu reiben, einmal und noch einmal, und zwischen dem einen Mal und dem nächsten hob er seine traurigen braunen Augen und schaute sie an, als würde er sie um etwas bitten, sehr bitten, bis Maja endlich verstand, sich bückte, seinen Kopf streichelte, ihn sogar ein bißchen am Hals kitzelte und hinter den Ohren und ihm dann ein paarmal mit der Hand über den Rücken strich.

Danach gingen Maja und Mati zwischen vier, fünf müden Tigern hindurch, die zusammengerollt auf der abschüssigen Wiese lagen, die Köpfe auf den Vorderpfoten, und mit grünen Augen bewegungslos die abendliche Stille betrachteten. Beim Anblick der Tiger dachte Mati einen Moment lang an Almon, den alten Fischer, wie er gegen Abend seinen müden Kopf auf die Arme legte, über seinem Heft, wenn er allein an seinem Gartentisch bei seinen Gemüsebeeten saß. Eine Sehnsucht packte Mati, eine wehe Sehnsucht, ein Verlangen, auf Almons Bank zu sitzen und ihm dies alles zu erzählen, es ihm in allen Einzelheiten zu erzählen, oder noch besser, Almon hierherzubringen, hier herauf, damit er dies alles mit eigenen Augen sehen könnte. Und alles mit seinen alten Fingern berühren. Und er wünschte sich, auch Solina mit ihrem winzigen Kindehemann hierherzubringen. Und Danir mit seinen beiden Gehilfen. Und Nimi. Allen wollte er dies hier zeigen, dem ganzen Dorf, seinen Eltern, seinen großen Schwestern, der Lehrerin Emanuela, und wollte ihre Gesichter beobachten, wenn sie zum ersten Mal den Garten erblickten.

Eine Kuh kam jetzt langsam auf sie zu, eine Kuh mit einem vornehmen, hochmütigen Gesicht, eine sehr bedeutende Kuh, mit schwarzen und weißen Flecken geschmückt. Sich ihrer Würde bewußt, schritt sie behäbig näher, vorbei an den dösenden Tigern, nickte zwei-, dreimal mit dem Kopf, als wäre sie überhaupt nicht überrascht, ganz und gar nicht, im Gegenteil, als hätten sich ihre Erwartungen bestätigt und ihre Annahmen als richtig erwiesen, und mit dem Kopfnicken würde sie ihre Befriedigung darüber zeigen, daß sie recht gehabt hatte und mit sich selbst zufrieden war, immer und ganz und gar und ohne den geringsten Zweifel.

22

Mati und Maja starrten all diese Wunder mit großen Augen an, konnten ihren entzückten Blick nicht von den gepanzerten Krokodilen wenden, die am Ufer eines Teiches lagen, und von den Affen, den Eichhörnchen und den Papageien, die in den Bäumen herumsprangen. Überall war das Flügelschlagen der Spatzen und das Gurren der Tauben zu hören, ein Hauch von Wohlsein lag über dem ganzen Garten, über den Bächen, den Wiesen und den Wipfeln, alles wurde davon eingehüllt, mit einer tiefen, warmen, weiten Gelassenheit, der Gelassenheit einer anderen Welt.
Und warum weiß ich plötzlich, daß ich schon einmal hier war? Und wie ist das überhaupt möglich?
So vollkommen, so klar und friedlich war die abendliche Ruhe, die sich über diesen Wundergarten senkte, daß Maja und Mati den Mann überhaupt nicht wahrnahmen, einen nicht mehr jungen, nicht sehr großen und leicht gebeugten Mann, barhäuptig, mit einem braungebrannten, von Falten durchfurchten Gesicht. Seine schon fast weißen Haare fielen ihm auf die Schultern. Ruhig lehnte er am rauhen Stamm eines Baumes. Ganz allein stand er oben im Garten, im Abendwind, und betrachtete die beiden mit einem leichten Lächeln, einem bitteren, gedankenverlorenen Lächeln, als sei er mit den Gedanken ein bißchen hier und ein bißchen woanders.
Die Schultern des Mannes waren ein wenig nach vorne

geneigt, die eine war etwas niedriger als die andere, seine groben Hände hingen herunter, wie nach einer langen, anstrengenden körperlichen Arbeit. Sein scheues Gesicht war nicht schön, sein Blick vorsichtig und fast verlegen. Als wäre es ihm recht, daß Maja und Mati ihn nicht bemerkten. Als würde er sich vor ihnen schämen.
So stand der fremde Mann da, bewegungslos, langsam und tief atmend, und folgte den verzauberten Blicken der beiden Kinder und beobachtete aufmerksam, wie sie ihre Augen neugierig durch den Garten streifen ließen und alles bestaunten, was es hier gab.
Das geheimnisvolle, fast listige Lächeln des Mannes begann um seine Augen, nicht um die Lippen, und von seinen Augen breitete es sich über alle Falten und Fältchen aus und beleuchtete sein furchiges Gesicht.
Und noch immer bewegte er sich nicht und gab keinen Laut von sich.
Nur eine bläuliche Ader, dünn und erstaunlich zart, pochte an seiner Schläfe, wie ein winziger Fisch, der im Wasser zappelt.
Da blieb Majas Blick an ihm hängen, sie erschrak. Doch sie beherrschte sich, beugte sich leicht zu Mati und flüsterte: Mati, paß auf, du darfst auf keinen Fall dort hinüberschauen, dort steht jemand und beobachtet uns. Er kommt mir nicht gefährlich vor, nur ein bißchen seltsam.

23

Nur ein bißchen seltsam, wiederholte der Mann mit einem mißtrauischen Lächeln die Worte, die Maja Mati zugeflüstert hatte, genauso haben sie vor vielen Jahren über mich gesprochen, als ich noch ein Kind war. Er ist ein bißchen seltsam, sagten sie und verzogen den Mund halb spöttisch, halb angeekelt. Und manchmal sagten sie: Schaut nur, da kommt dieser Idiot. Das alles war lange, bevor ihr geboren wurdet, als eure Eltern ungefähr so alt waren wie ihr jetzt.

Und dabei wollte ich unbedingt einer von ihnen sein. Ich habe mir die ganze Zeit solche Mühe gegeben, genauso zu sein wie alle anderen. Mehr als alle anderen wollte ich sein wie alle anderen. Aber je mehr ich mich bemühte, um so mehr wurde ich verachtet.

Der Mann kam langsam näher, doch nach einigen Schritten zögerte er und blieb unter einem Feigenbaum stehen. Vielleicht fürchtete er, den Kindern angst zu machen oder sie zu vertreiben. Oder vielleicht tat er sich selbst schwer damit, näher zu kommen. Doch als er sah, daß die beiden nicht vor ihm davonliefen, sondern dastanden und ihm entgegenschauten und nur ein bißchen dichter zusammenrückten, schaute er zu Boden und sagte mit einer Stimme, in der ein Lächeln mitschwang: Gut, daß ihr gekommen seid. Dann fügte er hinzu: Wollt ihr etwas trinken? Granatapfelsaft? Oder Schneewasser?

Mati flüsterte: Paß auf, Maja. Rühr dieses Holzgeschirr nicht an. Vielleicht ist es gefährlich, das zu trinken.

Doch Maja mischte sich Granatapfelsaft mit Schneewasser in einem Holzbecher, trank, lachte, wischte sich mit der Hand über den Mund und sagte zu dem Mann: Ich bin Maja. Und das ist Mati. Mati fürchtet, daß du ein Zauberer bist. Bist du ein Zauberer? Und dann sagte sie: Trink auch, Mati, komm, versuch mal. Es ist kalt und schmeckt gut. Davon wirst du bestimmt nicht die Wieheritis bekommen, hab keine Angst. Schau nur, keines der Tiere hier fürchtet sich vor diesem Mann.
Mati sagte kein Wort. Er nahm nur Majas Arm und versuchte sie wegzuziehen. Doch Maja wollte nicht weggezogen werden, sie befreite sich mit einer harten, schnellen Bewegung aus Matis Griff. Und auch sie sagte kein Wort.
Plötzlich kamen aus der Kehle des fremden Mannes tiefe Laute, sie kullerten heraus, Laute, die nicht wie Wörter klangen, und bei dem Klang dieser Laute kam ein Schwarm Kolibris herbei, die Kolibris ließen sich auf den Schultern und dem Kopf des Fremden nieder, auch auf Matis und Majas Schultern und Köpfen, sie zwitscherten aufgeregt und waren golden und türkisgrün, mit hellblauen Flecken.
Während die Vögel den Mann und seine Gäste umflatterten, erzählte der fremde Mann, wie vor vielen Jahren, als er noch ein kleiner Junge gewesen war, die anderen Kinder immer vor ihm zurückgeschreckt waren. In jeder Klasse, in jeder Gruppe, sagte der Mann, gibt es so einen, einen Unerwünschten, einen Außenseiter, der den anderen Kindern immer nachläuft, egal, wohin sie gehen, und immer hinkt er ein paar Schritte hinter ihnen

her, er ist scheu und verlegen, ignoriert aber Beleidigungen und Spott, er sehnt sich so verzweifelt danach, daß sie ihn akzeptieren, er will dazugehören und ist bereit, dafür alles zu tun, zum Beispiel ihr ergebener Diener zu sein, er ist sogar bereit, den Dummen zu spielen, damit sie was zu lachen haben, er spielt freiwillig den Clown für sie, sollen sie ihn doch verspotten, soviel sie wollen, sollen sie ihn sogar ein bißchen quälen, das ist ihm egal, er ist bereit, ihnen trotz aller Abweisung vorbehaltlos sein ganzes Herz zu schenken.
Aber die anderen interessieren sich nicht für ihn, ohne daß sie einen besonderen Grund dafür hätten. Sie wollen ihn einfach nicht, und das ist alles. Er soll ihnen endlich aus den Augen gehen, und zwar rasch. Nur so. Weil er nicht so ist wie die anderen und nicht zu ihnen paßt. Er soll abhauen, weil ihn niemand, wirklich niemand brauchen kann.
Maja sagte: Auch bei uns gibt es so einen. Nimi. Nimi, das Fohlen.
Und Mati sagte: Nein. Bei Nimi ist es anders. Nimi hat einfach die Wieheritis. Alle halten sich von ihm fern, weil es gefährlich ist, jemandem zu nahe zu kommen, der die Wieheritis hat.
Er beugte sich zu Maja und flüsterte ihr zu: Gleich wird es dunkel, Maja, wir müssen sofort versuchen, uns von hier zu befreien.
Maja sagte: Von hier befreien? Das Tor ist offen, und keiner hält uns zurück. Du kannst gehen, falls du es eilig hast. Ich bleibe jedenfalls hier. Hier gibt es noch so viel zu sehen.

Der Mann sagte: Setzt euch hier auf den Stein. Trinkt noch ein bißchen Granatapfelsaft oder Feigensaft mit Schneewasser. Und hab keine Angst, Mati, vor der nahenden Dunkelheit. Die Dunkelheit wird sich heute abend ein wenig verspäten, damit wir noch eine Weile miteinander sprechen können. Ihr müßt euch nicht fürchten. Auch dieser Maulwurf hier ist ein wenig beleidigt, wenn man bei seinem Anblick erschrickt. Er ist sehr, sehr alt und fast taub, euch zu Ehren hat er sich die Mühe gemacht und ist aus seinem Bau heraufgekommen, nur um euch zu beschnuppern. Setzt euch bitte einfach einen Moment still hierhin, und laßt ihn ein bißchen schnüffeln. Schaut nur, wie erstaunlich zart seine Ohren und seine Pfoten sind, wie seine rosa Nase bebt, wie ein aufgeregt pochendes Herz. Euer Geruch bringt ihm vermutlich Erinnerungen zurück, noch aus einer Zeit vor der Geburt seiner Eltern.

Mati hob den Blick von dem alten Maulwurf zu dem Mann, dann schaute er wieder auf den Maulwurf, und wieder erinnerte er sich plötzlich dunkel: War ich nicht schon einmal hier? Ist mir das alles nicht schon einmal passiert? War ich hier und habe alles vergessen? Und auch jetzt fällt mir nicht ein, was eigentlich gewesen ist. Ich kann mich aber genau daran erinnern, daß ich es vergessen habe. Dieser Mann sieht ein wenig einsam aus. Aber vielleicht kommt mir das auch nur so vor? Vielleicht stellt er uns eine Falle? Denn aus der Nähe meinte Mati plötzlich in dem faltigen Gesicht des alten Mannes etwas wie List aufblitzen zu sehen, als hätte er einen verborgenen Plan. Und er sah es ausgerechnet in

dem Moment, als der Mann lachte und sagte: Die Dunkelheit wird sich heute abend ein wenig verspäten, damit wir noch eine Weile miteinander sprechen können.
Und was ist, wenn er beschließt, uns hier gefangenzuhalten? Für immer?
Plötzlich kamen Mati die sehnigen Finger des Mannes wie hartnäckige Wurzeln vor, die einen umschlingen und umklammern und nie mehr loslassen.
Und was ist, wenn dieser Zauberer plant, uns hier festzuhalten, um sich an unseren Eltern und dem ganzen Dorf zu rächen? Oder uns nicht nur hier festzuhalten, sondern in Tiere zu verwandeln?
Mati sagte: Gleich wird es dunkel. Ich möchte jetzt nach Hause gehen.
Und Maja sagte: Ich nicht. Ich möchte weiter zuhören. Und ich will auch noch mehr sehen.

24

Dann erzählte der Mann weiter, wie es gewesen war, als er mit ungefähr zehneinhalb Jahren auf die Gesellschaft der anderen Kinder und der Erwachsenen verzichtet und angefangen hatte, sich mit Katzen und Hunden anzufreunden, bis er sogar Hündisch und Kätzisch und Pferdisch nicht nur zu verstehen lernte, sondern auch zu sprechen.

Nach ungefähr zwei, drei Wochen hatten alle im Dorf geglaubt, daß der arme Junge an Wieheritis erkrankt sei, und sich davor gehütet, in seine Nähe zu kommen. Schließlich hatten ihn sogar seine Eltern aufgegeben. Das ganze Dorf hatte sie Verachtung spüren lassen, und die Eltern hatten sich für ihren Sohn geschämt und seine kleinen Brüder von ihm ferngehalten, damit sie sich nicht ansteckten.

Und so hatten seine Eltern und die anderen Erwachsenen schließlich zugelassen, daß er sich allein im Wald herumtrieb, frei wie der Wind, bei Tag und bei Nacht.

Mit einemmal gab der Mann ein tiefes Brummen von sich, und kurz darauf tauchte ein dicker brauner Bär zwischen den Büschen auf. Er rieb seinen schweren Kopf an der Hand des Mannes, betrachtete Mati und Maja mit seinen braunen Bärenaugen neugierig, freundlich, freundschaftlich, schüchtern, verwundert, als wollten sich diese Augen rechtfertigen und sagen: Entschuldigt, seid nicht böse, ich verstehe das alles einfach nicht, es tut mir sehr leid, aber ich verstehe gar nichts, ent-

schuldigt bitte, erwartet nichts von mir, schließlich bin ich doch nur ein Bär.
Der Bär legte sich schwerfällig auf seinen breiten Rücken und strampelte mit allen vieren, begann, sein Fell auf dem Grasteppich zu reiben und mit einer dunkelbraunen Baßstimme Brummtöne von sich zu geben, mit einer winterlichen, doch sehr warmen Stimme. Mati wich schnell drei, vier Schritte zurück und versuchte, Maja am Arm mitzuziehen, doch Maja befreite sich auch diesmal aus seinem Griff und rief: Genug, laß mich, Mati! Lauf doch nach Hause, wenn dir das lieber ist! Geh, niemand hält dich hier mit Gewalt zurück! Ich aber will alles hier kennenlernen.
Und der Mann sagte: Du bist Maja. Du bist Mati. Auch ich will mich vorstellen: Ich bin Nehi. Ich bin der Bergteufel. Der Zauberer. Und das ist Schigi. Ihr braucht euch nicht vor Schigi zu fürchten. Schigi ist ein Bär, und er ist ein bißchen kindlich. Manchmal fängt er an im Regen zu tanzen, oder er versucht mit seinem viel zu kurzen Schwanz die Fliegen wegzuwedeln, oder er versteckt sich stundenlang im Unterholz am Fluß und spritzt mit seiner Tatze Wasser auf alle, die vorbeikommen. Schigi, hör jetzt auf zu stören. Ich bin mitten in einer Geschichte.
Im Lauf der Zeit, fuhr der Mann fort zu erzählen, lernte ich auch Täubisch, Grillisch, Fröschisch, Ziegisch, Fischisch und Bienisch. Und nachdem ich das Dorf verlassen hatte, um allein im Wald zu leben, lernte ich noch viele weitere Tiersprachen. Das fiel mir nicht schwer, denn die Sprachen der Tiere haben weniger Wörter als

die Sprachen der Menschen, und sie kennen nur eine Zeit, die Gegenwart, es gibt keine Vergangenheit und keine Zukunft, und es gibt nur Tätigkeitswörter, Hauptwörter und Ausrufe und sonst nichts.

Mit den Jahren wurde mir klar, daß auch Tiere manchmal lügen, um sich aus einer Gefahr zu retten oder um anzugeben und andere zu beeindrucken oder um ihre Beute zu täuschen oder um andere zu erschrecken, und manchmal auch nur, um jemanden zu umwerben. Wie wir alle.

Die Tiere haben sogar Wörter für Freude, für Begeisterung, für Entzücken, für Genuß, auch die, die für stumm gehalten werden, wie die Schmetterlinge, die Glühwürmchen, die Fische, die Schnecken. Auch sie haben Wörter, die aber nicht über ihre Lippen kommen, sondern mit Hilfe winziger Zitterbewegungen geäußert werden und von den anderen nur durch die Haut aufgenommen werden, durch das Fell oder durch das Gefieder, nicht durch die Ohren. Diese Bewegungen gleichen dem Zittern eines Blattes, das auf die ruhige und glatte Wasseroberfläche eines Teiches fällt.

Manche Tiere haben sogar Wörter, die beinahe ein Gebet sind: Sie haben Dankesworte für den Sonnenschein, für wehende Winde, für Regen, für Erde, für das Wachsen, für Licht, für Wärme, für Nahrung, für Gerüche und für Wasser. Es gibt sogar Wörter für Sehnsucht. Aber etwas gibt es in den Sprachen der Tiere überhaupt nicht: Wörter des Spottes und der Erniedrigung. Nein, das nicht.

Wenn ihr wollt, Maja und Mati, sagte der Mann und

legte seine schweren, müden Hände zärtlich auf den Rücken einer kleinen Ziege, die sich in Schigis pelzigem braunen Schoß zusammengerollt hatte, wenn ihr wollt, werden wir versuchen, auch euch diese Sprachen beizubringen. So wie wir sie Nimi beigebracht haben, der noch vor euch zu uns gefunden hat. Ja, Nimi, das Fohlen. Nimi mit der laufenden Nase, der, von dem ihr alle behauptet, er habe die Wieheritis. Aber ihr zwei, Maja und Mati, wißt doch schon längst tief in eurem Herzen, daß es so etwas wie die Wieheritis gar nicht gibt. Sie haben sein Wiehern doch nur zur Krankheit erklärt, damit sich alle von ihm fernhalten. Damit er von allen gemieden wird. Von nun an, sagte der Mann zu Maja und Mati, werdet ihr beide unsere Gäste sein, meine und die der Tiere, die hier mit mir wohnen. Denn ihr werdet bei uns bleiben.

Der Mann schwieg kurz, und als er weitersprach, hatte sich seine Stimme verändert, klang nun ruhig und nachdrücklich, als wäre kein Widerspruch möglich: Folgt mir!

Er ging auf das Haus zu, er schaute sich nicht um, ob die beiden ihm folgten oder nicht, sprach aber weiter und erzählte, er habe vor vielen Jahren ein Mädchen geliebt, ein Mädchen aus seiner Klasse, Emanuela, doch habe er ihr seine Liebe nie gestanden, deshalb sei es eine unglückliche Liebe gewesen. Auch niemandem sonst habe er etwas von seiner heimlichen Liebe verraten, aus Angst vor noch mehr Hohn und Spott.

Als Mati und Maja und der Bär Schigi und die kleine Ziege Sissa hinter dem Mann in das Haus traten, stellten die Kinder fest, daß es kein Schloß war, daß das ganze Haus nur aus einem einzigen großen und hohen Zimmer bestand, einem warmen Zimmer. Darin war alles aus rohem, noch mit rauher Rinde bedecktem Holz, auch die wenigen einfachen Möbel.

Der Mann wies Maja und Mati einen Platz an einem schweren Tisch zu, unter den sich der Bär und die Ziege legten und dicht aneinandergeschmiegt einschliefen. Der Mann erzählte weiter. In einer Winternacht, in einer regnerischen, nebligen Nacht war er geflohen, vor seiner Familie, vor den Menschen im Dorf. Zuerst hatte er sich im Wald versteckt, dann hatte er hier oben seinen Ort gefunden, auf dem Berg, inmitten der Tiere, die ihn liebten, die ihm halfen, die ihn beschützten. Denn auch viele Tiere hatten es dort unten schwer gehabt, waren sogar gequält und mißhandelt worden.

Alle sind wir damals in einer langen Karawane in den Wald gezogen, damals, in jener regnerischen, nebligen Nacht, sagte der Mann, denn die Tiere wollten mit mir kommen und mit mir leben. Schaut aus dem Fenster, ich will euch den Ort zeigen, an dem ihr fortan leben werdet. Hier wachsen viele köstliche Früchte, und dort in dem Bach fließt kühles, reines Schneewasser. Und in dem kleinen Teich dort könnt ihr euch nachher waschen. Zieht euch nur aus, ihr braucht euch nicht voreinander zu schämen. Hier bei uns gibt es keine Scham vor der Nacktheit. Wir sind doch von Natur aus immer nackt, auch wenn wir unsere Nacktheit mit Kleidern verdecken, und wir schämen uns doch nur, weil man uns von Kindheit an daran gewöhnt hat, uns für alles, was wahr ist, zu schämen, und mit allem zu prahlen, was gelogen ist. Man hat uns daran gewöhnt, uns nicht an dem zu freuen, was wir haben, sondern nur an dem, was wir anderen voraushaben. Und was noch schlimmer ist, man hat uns von klein auf an vergiftende Ansichten gewöhnt, die immer gleich anfangen, nämlich mit: Schließlich ist es bei allen so …

Der Mann lächelte traurig und sagte: Hier aber, bei uns, muß man sich nur für eines schämen, für Hohn und Spott.

Und dann sprach er mit einer viel dunkleren Stimme weiter: Und dennoch geschieht es manchmal, fast jede Nacht kommt es vor, daß ich aufwache und im Dunkeln zu ihnen hinuntergehe, weil ich mich an allen rächen will: Ich will sie in Angst und Schrecken versetzen, plötzlich vor ihren schon dunklen Fenstern auftauchen, wie ein Gespenst, oder über die Fußböden knarren und die Dachbalken erschüttern, um ihnen Alpträume zu bereiten, ich will sie so erschrecken, daß sie schweißbedeckt aufwachen und fürchten, sie hätten sich an der Wieheritis angesteckt. Und alle paar Jahre hole ich mir auch Kinder hierher. Wie Nimi, das Fohlen. Und wie euch.

25

Maja zögerte etwas, bevor sie vorsichtig fragte: Aber warum hast du dich eigentlich dazu entschieden, wegzulaufen? Warum hast du nicht versucht, wenigstens ein oder zwei Freunde zu finden? Oder eine Freundin? Warum hast du nicht daran gedacht, daß du vielleicht etwas ändern könntest? Oder dich selbst ändern könntest? Wolltest du nie herausfinden, warum du ihren ganzen Spott auf dich gezogen hast? Warum gerade du? Sind das zu viele Fragen? Meine Mutter ist immer böse auf mich, weil ich dauernd Fragen stelle. Hör schon auf damit, sagt sie, jede deiner Fragen verursacht einen neuen Riß in unserem Haus.
Der Mann schaute Maja und Mati nicht an, er antwortete nicht gleich. Er starrte bitter auf seine Hände, seine großen, dunklen Fingernägel. Und antwortete schließlich mit vier Wörtern: Es fiel mir schwer.
Nach einer Weile fügte er hinzu: Ich habe auch immer Fragen gestellt, genau wie du. Aber all meine Fragen haben mir nur noch mehr Spott eingebracht. Bis mir vor lauter Rissen schon kein Haus mehr geblieben ist.
Mati sagte: Maja, laß gut sein.
Doch Maja erwiderte zornig: Was heißt das, Mati, laß gut sein? Was ist denn gut daran? Er hat so viel Mitleid mit sich selbst, daß er ganz vergißt, daß er es war, der unser Dorf ins Unglück gestürzt hat. Sogar wenn man ihn jetzt, nach so vielen Jahren, fragt, warum er weggelaufen ist, weicht er einer Antwort aus.

Mati sagte: Aber auch Nimi ist geflohen. Und die Tiere sind auch geflohen. Du weißt doch, wie es ist, wenn die Quälereien beginnen. Und der Hohn. Und der Spott. Manchmal denke ich auch daran, wegzulaufen, weg von zu Hause, weg von den Eltern, von den Kindern, von den Erwachsenen, von meinen Schwestern, weg von allen. Sollen sie doch denken, ich hätte die Wieheritis. Ja, manchmal will ich davonlaufen und allein im Wald leben, damit mir nur niemand mehr den ganzen Tag lang sagen kann, das darfst du, das darfst du nicht, das tut man nicht, schäm dich.
Darauf antwortete Maja: Aber auch wenn du davon träumst, wegzulaufen, Mati, träumst du doch nicht davon, alles, was wächst, mit dir zu nehmen. Und du träumst auch nicht davon, das Wasser mitzunehmen. Oder das Licht. Und träumst auch nicht davon, nachts zurückzukommen, um dich an allen zu rächen.
Sie schwiegen, und dann sagte Nehi: Ihr zwei seid doch auch weggelaufen. Und jetzt ist das ganze Dorf in Aufregung wegen euch, und eure Eltern sind verzweifelt.

26

So saßen die beiden stundenlang an diesem Abend bei Nehi, dem Herrscher des Waldes. Und der Abend dauerte lang und länger, als ob er verzaubert wäre, und Stunde um Stunde wurden sie vom weichen Abendlicht gestreichelt und nach dem Abendlicht vom Licht kurz vor Sonnenuntergang und dann von der Dämmerung, und die Dämmerung dauerte unbegreiflich lange an, sie endete nicht und färbte den Himmel in sanfte Farben. Es war, als gäbe es hier oben keine Zeit, als wäre sie aufgehoben. Mati und Maja liefen durch den Garten, dann liefen sie wieder ins Haus, aßen und tranken und sprachen miteinander, dann liefen sie wieder hinaus und suchten die Gesellschaft der Tiere im Garten. Nachdem Nehi sie am Anfang erschreckt hatte, brachte er sie nun zum Lachen, und er gab ihnen Früchte, so saftig, wie sie sie noch nie im Leben gekostet hatten. Ganz allmählich schwand das Licht, doch noch immer wurde es nicht dunkel. Der Abend trieb sich im Garten herum, ging langsam über die Wege von einem Beet zum anderen, es war ein zögernder Abend, einer, der nicht bleiben wollte und auch nicht gehen. Weder Tag war es, noch war es Nacht.

Ich erinnere mich nicht ganz, aber ich habe es auch nicht ganz vergessen, dachte Mati. Ich war schon einmal in einer solchen Zeit, in einer Zeit, die weder Tag noch Nacht war, weder hell noch dunkel, und eigentlich war die Zeit gar keine Zeit, sondern eine Art liebevolle

Umhüllung, die mich ganz und gar umfing. Im Traum? Als ich krank war? Als ich klein war? Als ich fieberte? Als ich noch ein Säugling war? Oder noch früher, bevor ich geboren wurde?

Nehi, als er noch Na'aman war, als er noch klein war, vier oder fünf Jahre alt, hatte schon immer für alle Tiere gesorgt und sie gefüttert, sogar die Fliegen und die Ameisen und die Fische im Fluß.

Und auch deshalb haben sie dich im Dorf verspottet, sagte Maja, und sie sagte das nicht als Frage, es war eine Feststellung.

Und Mati sagte: Bis heute haben sie es nicht vergessen, aber sie erinnern sich auch nicht daran. Vielleicht würde man noch ein Wort brauchen, ein besonderes Wort, das beides zugleich bedeutet, Erinnern und Vergessen. Manchmal geschieht es bei uns, daß ein Vater oder eine Mutter für ihr Kind plötzlich eine Tierstimme nachmacht, aber im nächsten Moment bereuen sie es schon und sagen schnell: Das mit den Tieren ist doch nur ein Märchen. Und dann seufzen sie und sagen, daß unsere Lehrerin Emanuela uns ganz durcheinanderbringt mit all den Vögeln, die sie in ihrem armen Kopf hat.

Als Mati sagte, daß ein Wort fehle, das beides zugleich bedeute, Erinnern und Vergessen, dachte Maja an ihre Mutter, an Lilja, die jeden Tag gegen Abend Brotkrumen verstreute, für Vögel, die es nicht gab, und für Fische, die es nicht gab. Ist nicht gerade das Ende des Tages gekommen? Steht sie nicht genau in diesem Moment ganz allein am Fluß, und wird man im Dorf nicht gleich anfangen, sich Sorgen um uns zu machen? Aber vielleicht sind dort unten inzwischen schon Tage und Nächte vergangen und weitere Tage und Nächte, Sonnenaufgänge und Sonnenuntergänge und Sonnenaufgänge, und alle haben die Suche nach uns schon aufgegeben? Und nur hier ist die Zeit stehengeblieben? Nur der Fluß, dachte Maja, kommt nie zur Ruhe, bei Tag und bei Nacht rauscht er weißschäumend durch das Dorf und strömt unaufhaltsam weiter, stürzt hinab in die fernen Täler, als würde er vor uns fliehen, als würde er bei uns nur einen Moment innehalten, um das Dorf zu verfluchen.

Und Maja sagte: Wir müssen bald zurück. Sie werden sich Sorgen um uns machen. Sie werden denken, daß ein Unglück geschehen ist.

Nur noch ein bißchen, sagte Mati. Nur noch bis zum Ende der Geschichte.

Und da schlug der Mann vor: Wir werden die Dunkelheit bitten, daß sie sich noch ein wenig fernhält. Mit dem heutigen Abend haben wir schon längst vereinbart, daß er sich Zeit läßt.

27

Maja sagte: Du hast uns etwas Schreckliches angetan, als du alle Tiere mitgenommen hast. Du hast auch die Tiere mitgenommen, die nie jemand grausam behandelt hat. Du hast sogar die Tiere mitgenommen, die geliebt wurden und die sehr gern im Dorf gelebt haben, wie zum Beispiel Almons Hund und Emanuelas Katze mit ihren drei Jungen. Ich meine, die Entführung der Tiere war noch schlimmer als der Spott, unter dem du gelitten hast. Und als du beschlossen hast, dich zu rächen, da hast du dich keinen Moment gefragt, an wem du dich eigentlich rächst. An den Spöttern? An den Tierquälern? Oder an Almon, an Solina, an meiner Mutter und an Emanuela, in die du doch verliebt gewesen bist, wie du gesagt hast.

Na'aman hob die Schultern, als versuche er, häßlich geworden, seinen Hals und seinen Kopf zwischen ihnen zu verstecken. Seine Hände fuhren durch die Luft, als flehten sie darum, keine Hände mehr sein zu müssen, als wollten sie vor ihrem Besitzer fliehen und nie mehr zu ihm zurückkehren. Und als Maja Emanuelas Namen aussprach, erschien plötzlich in Nehis Mundwinkeln ein Grinsen, das unglücklich und zugleich niederträchtig wirkte, Bösartigkeit ausdrückte und zugleich um Zuneigung flehte.

Und er fragte: Geht es euch hier nicht gut? Wenn ihr nicht bleiben wollt, dann geht doch! Es kümmert mich nicht. Geht. Ich brauche euch nicht, ich bin hier nicht

einsam. Geht. Ich werde die Dunkelheit für euch zurückhalten, damit sie nicht über euch herfällt, bevor ihr zu Hause angekommen seid. Geht. Es macht mir nichts aus. Geht doch. Wenn ich mich wirklich hätte rächen wollen, dann hätte ich euch doch für immer hier behalten können. Oder eure Fragen mit ein paar eigenen Fragen beantworten können. Warum, zum Beispiel, laßt ihr zu, daß euch eure Eltern zum Schweigen bringen, wenn ihr herauszufinden versucht, was vor eurer Geburt wirklich geschehen ist? Warum erlaubt ihr ihnen, immer gleich über etwas anderes zu sprechen? Vielleicht, weil ihr es ja gar nicht wirklich wissen wollt? Vielleicht, weil ihr Angst davor habt, es zu erfahren? Vielleicht, weil ihr lieber belogen werdet, als euch die Geheimnisse eurer Eltern auf eure jungen Schultern zu laden? Nicht nur ihr beide, sondern alle Kinder im Dorf? Es war doch ganz bequem für euch, daß eure Eltern ihre Schuld und ihre Scham alleine tragen und nicht auch euch damit belastet haben, nicht wahr? Vielleicht habt ihr die Wahrheit sogar erraten und seid erschrocken? Denn wenn die Wahrheit wahr wäre, dürfte in Zukunft niemand mehr andere verspotten oder verhöhnen. Und wie kann man leben und wie kann man seinen Spaß haben, ohne manchmal jemanden zu demütigen? Ohne ihn ein bißchen zu quälen? Ohne manchmal auf ihn zu treten?
Und Maja sagte: Schau, Nehi, jetzt fängst du selbst an zu spotten. Und es macht dir sogar Spaß, oder vielleicht nicht?

28

Die Sprachen der Tiere hatte Na'aman vor lauter Einsamkeit gelernt. Und nach einiger Zeit hatten alle gesagt, er leide an Wieheritis, und alle hatten sich von ihm ferngehalten und ihn von weitem mit zerbrochenen Dachziegeln und Steinen beworfen. Und Na'aman hatte sich eine Höhle in den Bergen gesucht und dort gelebt, ganz allein, und sich von Pilzen und Beeren ernährt. Und nur nachts, wenn alle in ihren Häusern waren, war er hinabgestiegen in das Dorf und wie ein Schatten durch die dunklen Gassen gestrichen.

Bis heute tat er das manchmal, wenn es dunkel war. Doch er stieg nur hinab, wenn sich alle hinter ihren Fensterläden und Eisenriegeln eingeschlossen hatten. Dann trieb er sich im Dorf herum, weil es ihm hier oben traurig zumute war, trotz der Liebe der Tiere und trotz der Wunder des Berggartens.

Im Dunkel mondloser Nächte streifte er durch die leeren Gassen. Und manchmal schlichen sie beide, Nimi und er, auf Zehenspitzen zu dem einen oder anderen Haus und schauten durch die Ritzen der Fensterläden, um die Familien zu beobachten, die sich auf die Nacht vorbereiteten.

Wie schön war es doch, vor dem Fenster der Geschichte zu lauschen, die ein Vater seiner Tochter vor dem Einschlafen vorlas, oder einer Mutter zuzuhören, die am Bett ihres Sohnes saß und ihm ein Wiegenlied sang. Dann zog sich das alte Herz Nehis zusammen. Und wie gut tat es ihm, wenn er manchmal vor dem Fenster den abendlichen Gesprächen eines Paares lauschte, drinnen, im warmen Zimmer, bei einer Tasse Tee vor dem Einschlafen. Oder wenn die zwei drinnen in der Stille der Nacht beisammen saßen und lasen und von Zeit zu Zeit ein paar Worte wechselten, einfache Worte wie zum Beispiel: Weißt du, dieser geblümte Morgenrock steht dir besonders gut. Oder: Du hast heute endlich die Kellertreppe repariert, darüber bin ich wirklich froh. Oder: Die Gutenachtgeschichte, die du dem Kind heute abend erzählt hast, war schön und hat mich an die Zeit erinnert, als ich selber noch ein Kind war. Wenn sie solches hörten, tat Nehi das Herz weh und Nimi traten Tränen in die Augen.

So laufe ich nachts in den verlassenen Höfen umher, sagte Nehi. Zwei, drei Stunden, meistens allein, manchmal auch mit Nimi, so lange, bis in Almons Fenster das letzte Licht im Dorf erlischt. Denn ich bin neidisch. Neidisch auf alles, was ich nie hatte und nie haben werde.

Und Maja sagte: Also bist du auch hier oben manchmal traurig.

29

Aber ich habe sie nicht mitgenommen, sagte Nehi. Gewiß nicht alle. Eines Nachts erhoben sich die Tiere und verließen eines nach dem anderen das Dorf und stiegen hinter mir her hinauf in den Wald. Sogar die Tiere, die ihr Zuhause liebten und mit sich rangen, ob sie es verlassen sollten oder nicht, wie Sito, der Hund von Almon, dem Fischer, und wie Emanuelas getigerte Katze Tima mit ihren drei Jungen. Auch sie entschieden sich, mit mir zu kommen wie alle anderen. Nicht etwa, weil ich sie verzaubert hatte, und auch nicht, weil ich mich rächen wollte, sondern weil auch unter den Tieren die Angst herrscht, die ihr nur allzugut kennt, die Angst, nicht wie alle anderen zu sein, zurückzubleiben, wenn alle anderen gehen, oder zu gehen, wenn alle anderen bleiben. Niemand möchte von der Herde getrennt werden. Man braucht sich nur ein- oder zweimal von ihr zu entfernen, und schon darf man nicht zurück.
In einer Lichtung hoch oben in den Bergen hatte sich Na'aman dann eine Hütte gebaut, und seine Freunde, die Tiere, versorgten ihn mit dem Nötigen. Die Schafe und Ziegen gaben die Milch, die Hühner die Eier, die Bienen den Honig, der Fluß das Schneewasser, die Eichhörnchen brachten ihm Früchte und Beeren, die kleinen Nagetiere gruben ihm Kartoffeln aus, die Ameisen trugen Getreidekörner aus den Feldern im Tal in langen Reihen zu ihm hinauf, damit er Brot backen konnte, die Wölfe und die Bären beschützten ihn. So lebte er Jahr

für Jahr fern von allen Menschen, umgeben von der Liebe kleiner und großer Tiere. Die Frösche kürzten seinen Namen ab, aus Na'aman wurde Ne'i. Und der Dialekt der Schakale und der Nachtvögel machte aus Ne'i Nehi.

30

Vor vielen Jahren, in einer Schlucht, hinter sieben Bergen und hinter sieben Tälern, hatte Nehi auf einem seiner Streifzüge einen kleinen Strauch mit weißen und lila Beeren entdeckt, die wie Fleisch schmeckten. Diese Beeren nannte Nehi Tolinen. Die Samen des Tolinenstrauchs säte er überall im Wald aus, hegte und pflegte und vermehrte die Pflänzchen, weil ihm klar wurde, daß alle wilden Tiere den Geschmack der Tolinen liebten und sie mit großer Lust aßen und sogar die Raubtiere kein Verlangen mehr hatten, andere Tiere zu fressen. Und auch nicht zu jagen. So gelang es Nehi, den Tiger langsam daran zu gewöhnen, mit winzigen Zicklein zu spielen, und den Löwen daran, zwischen Schafen zu schlafen und sich in kalten Nächten an ihrer weichen Wolle zu wärmen. In diesem Wald fraß kein Tier mehr ein anderes Tier, und keines fürchtete sich mehr vor einem anderen. Doch sie hatten es nicht ganz vergessen.

31

Nach einem weiteren Streifzug durch den Garten wußten Maja und Mati schon einige Worte auf spätzisch und einen Satz oder zwei auf kätzisch und kühisch, und sie verstanden auch schon das ein oder andere Wort auf fliegisch. Nehi und die Tiere im Garten baten Mati und Maja, wenigstens ein paar Wochen bei ihnen zu bleiben. Doch Mati faßte Majas Hand und sagte: Sie machen sich dort unten im Dorf Sorgen um uns. Das wollen wir nicht. Gleich wird es dunkel, und dann werden alle Häuser im Dorf verschlossen, alle Fensterläden werden vorgeklappt und alle Türen mit zwei oder drei Eisenriegeln versperrt. Bestimmt haben unsere Eltern große Angst, vielleicht haben sie schon das ganze Dorf abgesucht, vielleicht haben sie die Suche schon aufgegeben und verriegeln jetzt ihre Türen und Fenster, schließen sich ein, wie alle anderen im Dorf.

Also baten Maja und Mati Nehi, daß ein Reh oder ein Hund ihnen den Weg den Berg hinunter nach Hause zeigen solle. Beide versprachen, niemals irgend jemandem etwas von dem zu erzählen, was sie hier mit eigenen Augen gesehen und mit eigenen Ohren gehört hatten, niemals irgend jemandem vom Versteck des Bergteufels zu erzählen und von den Wundern, die ihnen in seinem Garten offenbart worden waren.

Doch Nehi lächelte nachdenklich, es war ein schüchternes Lächeln, fast verschämt war es und traurig, aber auch ein bißchen schlau, ein Lächeln, das nicht auf den

Lippen begann, sondern in den Augenwinkeln, das sich über die zerfurchten Wangen ausbreitete und vorsichtig um die Mundwinkel spielte. Dann sagte er, er brauche ein solches Versprechen nicht. Denn wer würde ihnen überhaupt glauben, auch wenn sie alles erzählten, in allen Einzelheiten? Sie würden bei allen im Dorf doch nur Hohn und Spott ernten, wenn sie erzählten, was sie gesehen hatten. Die Strafe der Zweifler sei, sofort alles zu bezweifeln, sogar ihre eigenen Zweifel. Und die Strafe der Mißtrauischen, Tag und Nacht allem zu mißtrauen. Sogar sich selbst und ihrem eigenen Mißtrauen.

Mati sagte: Wenn die Lehrerin Emanuela und Almon, der Fischer, uns von Tieren erzählen, fangen alle gleich an zu spotten. Nicht nur die Erwachsenen, sondern auch die Kinder. Aber manchmal geschieht es, daß einer der Erwachsenen für einen Moment das Spotten vergißt, vielleicht weil er plötzlich von Reue oder Sehnsucht ergriffen wird, und dann fängt er an, genau das zu erzählen, was er einen Augenblick später wieder ableugnen wird. Immer gibt es einen, der damit anfängt, und dann bringen ihn die anderen zum Schweigen. Und jedesmal ist es ein anderer, der damit anfängt. Und manchmal kommt morgens ein Kind in die Schule und erzählt allen, daß es glaubt, vor Tagesanbruch etwas gehört zu haben, als es noch halb schlief und schon halb wach war, irgendein fernes Zwitschern oder Summen oder Zirpen. Dann sagen alle gleich, es solle still sein, nichts sagen und niemanden belästigen. Warum leugnen die Erwachsenen alles ab? Weil sie sich schämen? Aber vielleicht haben sie auch beschlossen, mit aller Kraft zu vergessen, bloß um nicht traurig zu werden. Aber ich glaube nicht, daß jemand wirklich vergessen hat, was das war, was alle zu vergessen beschlossen haben.

Nehi bat die Kinder, ihm zu erzählen, wie die Menschen im Dorf ihre Tage verbrachten, denn er ging nur während der Dunkelheit hinunter.

Erzählt doch bitte, wie ist es an den langen Sommerabenden auf dem gepflasterten Dorfplatz, in den Stunden zwischen Tag und Sonnenuntergang? Und wie ist es, wenn sich Danir, der Dachdecker, mit seinen Gehilfen und anderen jungen Männern und Frauen auf dem Platz versammelt, wenn sie miteinander flüstern, Bier trinken, lachen und manchmal auch eine halbe Stunde oder eine Stunde lang singen? Und wie geht es Almon, dem Fischer? Streitet er sich immer noch mit den Bäumen in seinem Garten? Schnitzt er immer noch Tiere aus Holz? Einmal konnte ich mich kaum beherrschen und bis Mitternacht abwarten, so sehr wollte ich mit einemmal bei Tageslicht hinunter zu seinem Gemüsegarten, wollte dort mit ausgebreiteten Armen stehen, eine Stunde oder zwei, wollte die Vogelscheuche vertreiben, wollte mich selbst als seine Vogelscheuche verkleiden, Almon ist ja fast blind, würde es vielleicht also gar nicht merken, und dann würden er und ich miteinander hin und her reden.

Und was erzählen die Frauen beim Einkaufen? Und was, wenn sie am Fluß Wäsche waschen? Und wie geht es ihr jetzt, wie geht es Emanuela? Und was reden die Alten, die um zehn Uhr morgens zum Ufer kommen, um dort ihre Pfeife zu rauchen? Wenn ich nicht Angst hätte, daß alle schreiend vor mir flüchten, würde ich vielleicht doch

einmal bei Tag zu ihnen hinuntergehen. Nur ein einziges Mal. Ich würde mich heimlich zu ihnen setzen, mich an ihren Erinnerungen beteiligen und den Pfeifenrauch einatmen. Vielleicht haben ja manche von ihnen mich noch nicht ganz vergessen.
Maja sagte: Wer sich erinnert, wird verspottet. Und wer schweigt, schweigt.

32

Stellt euch einmal vor, sagte Maja zu Mati und Nehi, als Nehi sie im letzten Abendlicht auf ihrem Heimweg begleitete, den Berg hinab durch den stillen Wald, stellt euch vor, wie es sein würde, wenn du, Nehi, eines Tages doch ins Dorf zurückkämest und mit dir all die Tiere, die uns vor vielen Jahren verlassen haben, um hinter dir her auf den Berg zu ziehen. Stellt euch das Erschrecken vor und die Bestürzung. Aber wie groß wäre auch die Freude!

Mati sagte: Und dann würden wieder Spatzen und Stieglitze bei uns in den Bäumen nisten, Tauben würden wieder um die Taubenschläge fliegen, Raben würden gegen Morgen wieder schreien, und überall im Dorf würde man die verfallenen Kuh- und Hühnerställe wiederherrichten, auch die Pferde- und Schafställe, Hunde würden wieder in den Höfen bellen, und in den Bienenkörben würden wieder Bienenschwärme summen.

Maja sagte: Und der alte Almon könnte wieder mit seinem geliebten Hund am Ufer sitzen und mit den Fischen sprechen, die in den Fluß zurückgekehrt wären, und sogar die alte Vogelscheuche würde statt mit Almon endlich wieder mit echten Vögeln streiten.

Mati sagte: Und Solina, die Schneiderin, würde ihrem Mann Ginom ein Kätzchen schenken können. Oder vielleicht noch besser ein Zicklein. Oder ein Eichhörnchen.

Maja sagte: Meine Mutter, die Bäckerin, würde durch

die Gassen des Dorfes gehen, um sie herum eine Wolke von Vögeln, sie würde an alle ihre Brotkrumen verteilen, und Emanuela würde ihr von ihrem Balkon aus zuwinken, und vielleicht würde sie, wenn du ebenfalls zurückkämest, Nehi ... vielleicht würde sie, wer weiß ...
Nehi hörte sich alles schweigend an. Eine kleine blaue Ader an seiner Schläfe pochte schnell, wie das Herz eines kleinen Vogels. Doch dann sagte er mit rauchiger Stimme, einer Stimme, so wohlig und angenehm wie warme Küchen in Winternächten: Und was ist, wenn sie wieder anfangen zu spotten? Oder zu mißhandeln? Und was ist, wenn plötzlich wieder die Lust in mir erwacht, mich zu rächen?
Er schwieg, dann sagte er: Und was ist, wenn die Bauern, deren Eltern mit mir zusammen in die Klasse von Lehrerin Rafaela gegangen sind, der Mutter von eurer Lehrerin Emanuela, wieder anfangen, mit Stöcken auf ihre Hunde einzuschlagen, oder wenn sie ihre Pferde mit Lederriemen peitschen oder streunende Katzen vergiften? Oder Mäuse in ihren Jauchefässern ertränken? Und was ist, wenn sie wieder anfangen, mit ihren Gewehren in den Wald zu ziehen, um Rehe und Hirsche und Füchse zu erschießen und ihnen das Fell abzuziehen? Oder um Fallen für Hasen und Wildenten aufzustellen? Und was ist, wenn sie wieder Netze auswerfen, um im Fluß Fische zu fangen?
Nachdem sie weitere fünf oder sechs Biegungen des Weges, der sich den Hang hinunterschlängelte, hinter sich hatten, im dunkler werdenden Zwielicht des Waldes, fuhr Na'aman fort: Die Kühe würden sie natürlich

gern zurückbekommen, und über die Pferde würden sie sich freuen, auch über die Hühner, die ihnen Eier legen, und die Ziegen und die Enten und die Schafe und die Tauben, ja, und einige von ihnen würden sich auch wieder mit Hunden und Katzen und Singvögeln anfreunden. Das ja. Aber was werden sie mit den Ratten tun, mit den Würmern? Was passiert mit den Küchenschaben, den Mücken und den Spinnen? Und was geschieht dort mit Nimi? Und mit mir?

33

Und als sie den Waldrand erreichten, die Stelle, von der aus man schon die ersten Häuser des Dorfes sehen konnte, sagte Nehi: Schaut, es wird Nacht. Und dort machen sie sich sicherlich schon Sorgen um euch. Geht nach Hause, und wenn ihr wollt, könnt ihr mich manchmal in meinem Bergversteck besuchen, für ein paar Stunden, für einen ganzen Tag oder für noch länger. Und inzwischen paßt bitte auf, daß ihr euch nicht ansteckt an der Hohn- und Spottkrankheit. Im Gegenteil: Vielleicht versucht ihr sogar, eure Freunde mehr und mehr davon abzuhalten, einige von ihnen wenigstens. Sprecht mit ihnen. Sprecht auch mit denen, die anderen weh tun und sie quälen, mit denen, die schadenfroh sind. Sprecht mit jedem, der euch zuhört. Sprecht sogar mit denen, die euch verspotten und verhöhnen. Laßt euch nicht beirren, versucht es immer wieder.

Versucht es, bis sich ihre Herzen eines Tages vielleicht wandeln und wir vom Berg herunterkommen können, weil wir dann vielleicht ein neues Herz haben, alle Menschen und alle Tiere, und sich alle dann daran gewöhnen, statt Fleisch Tolinen zu essen. Dann können auch wir, ich und alle meine Freunde, und auch Nimi, das Fohlen, aus dem Wald ins Dorf zurückkommen und in seinen Häusern und Höfen leben, auf seinen Feldern und Wiesen und am Ufer des Flusses. Mein Rachedurst wird sich auflösen, er wird von mir abfallen wie die trockene Haut einer Schlange, und wir werden arbeiten und lieben und spazierengehen und singen, und wir werden spielen und uns freuen, ohne Jäger zu sein oder zu Gejagten zu werden und ohne uns gegenseitig zu verspotten. Und jetzt geht in Frieden, ihr beiden. Und vergeßt es nicht. Auch nicht, wenn ihr erwachsen sein werdet und vielleicht selbst Eltern. Vergeßt es nicht. Gute Nacht, Mati und Maja.

Und als es dunkel wurde im Wald, liefen Maja und Mati Hand in Hand auf die Lichter des Dorfes zu.

Mati sagte: Wir müssen es Almon erzählen. Wir müssen es Emanuela erzählen. Wir müssen es Danir erzählen.

Und Maja sagte: Nicht nur denen, Mati. Wir müssen es allen erzählen. Den Alten müssen wir es erzählen. Und meiner Mutter. Und deinen Eltern. Und das wird uns nicht leichtfallen.

Sie werden sagen, wir beide hätten uns an der Wieheritis angesteckt, sagte Mati.

Und Maja sagte: Wir müssen Nimi suchen und ihn zurückbringen.

Und Mati sagte: Morgen.

Arad, August 2004